DREAMBOOKS★

DREAMBOOKS★

마탑의 사서

양인산 판타지 장편소설

ORIGINAL FANTASY STORY & ADVENTURE

dream
books
드림북스

마탑의 사서 6

초판 1쇄 인쇄 2017년 5월 8일
초판 1쇄 발행 2017년 5월 18일

지은이 양인산
발행인 오영배
기획 박성인
책임편집 황지희
일러스트 MJ
제작 조하늬

펴낸곳 (주)삼양출판사 · 드림북스
주소 서울시 강북구 도봉로 173
대표 전화 02-980-2112 팩스 02-983-0660
편집부 전화 02-980-2116 팩스 02-983-8201
블로그 blog.naver.com/dreambookss
출판등록 1999년 3월 11일 제9-00046호

ⓒ 양인산, 2017

ISBN 979-11-283-9134-7 (04810) / 979-11-313-0442-6 (세트)

+ (주)삼양출판사 · 드림북스의 서면 허락 없이는 어떠한 형태나 수단으로도 이 책의 내용을 이용하지 못합니다.
+ 지은이와 협의하에 인지는 생략합니다. 잘못된 책은 구입한 곳에서 바꾸어 드립니다.
+ 이 도서의 국립중앙도서관 출판시도서목록(CIP)은 서지정보유통지원시스템홈페이지(http://seoji.nl.go.kr)와
   국가자료공동목록시스템(http://www.nl.go.kr/kolisnet)에서 이용하실 수 있습니다. (CIP제어번호: 2017010524)

ORIGINAL FANTASY STORY & ADVENTURE

양인산 판타지 장편소설

마탑의 사서 6

Chapter 01
동부 영지

<엔더크 남작령>

영주: 엔더크 남작가

성향: 기사 가문

30여 년 전, 마이셀 백작가가 몰락하며 탄생한 신생 영지. 동부 변방의 영지 중 가장 서쪽에 위치하고 있다. 비옥한 땅으로 밀과 채소, 독특한 과일이 풍성하게 자라는 영지다.

—저서『바올라 제국의 영지』中 발췌—

* * *

바올라 제국의 땅은 매우 거대하다. 대륙 최강국인 것은 누구나 다 아는 사실이고, 영토도 그만큼 거대했다. 아이벤 대륙의 3분의 1이상을 차지하고 있는 만큼 동부 영지로 향하는 것은 매우 고된 일임이 확실하다. 경비대장이 말한 대로 바센트 산맥의 길을 타고 가니 금방 남바른 영지를 넘어 동부 영지에 도착할 수 있었다.

동부 영지로 향하는 도중 간간이 맹수나 고블린 같은 몬스터들이 습격을 해 왔지만, 마법사가 세 명이 있는 마차를 어떻게 하지 못했다. 본래 일정에서 무려 2주씩이나 단축할 만큼 빠른 길이었다. 수도를 벗어난 지 벌써 한 달. 남바른 영지를 벗어나자 감시 초소도 눈에 띄게 줄어들었다.

"이바나 씨. 동부 영지에 도착한 것 같아요."

발렌은 한 손으로는 고삐를 쥔 채, 다른 한 손은 그녀에게 뻗어 흔들어 깨웠다. 그녀가 눈을 비비며 일어났다. 한 달 동안 동부 영지로 오면서 발렌은 말을 모는 법을 이바나에게 배워 교대해 가면서 말을 몰았다.

그녀가 잠이 덜 깬 눈으로 눈앞에 보이는 이정표를 바라보았다. 엔더크 남작령이라고 쓰인 이정표였다.

"드디어 도착한 거야?"

“예.”

이바나는 안심이 된다는 듯 몸이 축 처졌다. 뒤 칸에 있던 엘리즈도 그 소리를 듣고 천막을 걷어 고개를 내밀었다.

“이제 안심할 수 있겠네.”

발렌이 고개를 주억였다.

“맞아. 하지만 아주 안심하지 않는 게 좋을 것 같아. 이곳에도 황자 전하를 노리는 현상금 사냥꾼이 있을지 모르니까.”

아루스의 수배서가 이곳까지 뿌려지지 않은 것 같지만, 조심해서 나쁠 것 없다. 엘리즈는 고개를 주억이고, 발렌은 다시 마차를 몰았다. 지나가다가 마주친 사람들을 보고 엔더크 남작의 저택이 어딘지 물었다.

묻고 물어서 두 시간 정도 마차를 몰자 작은 저택이 눈에 들어왔다. 발렌이 저택 앞에 마차를 세웠다. 저택 앞을 지키는 경비병 한 명이 발렌에게 다가왔다.

“무슨 용무로 왔습니까?”

“엔더크 남작을 만나러 왔습니다.”

“남작님을요?”

경비병은 위에서 아래로 발렌을 훑어보았다. 발렌은 누가 봐도 영락없는 상인처럼 보였다.

"처음 보는 분이신데…… 무슨 용무로 오셨습니까?"

"발렌시아가 왔다고 엔더크 남작에게 전해 주세요. 허락이 떨어질 때까지 기다리고 있겠습니다."

경비병은 발렌의 이름을 듣고 오히려 더 의미심장한 표정이었다. 누가 봐도 상인처럼 보이는 평민인데, 엔더크 남작을 직접 만나겠다고 하다니. 저택 안으로 들어오는 상인들은 대부분 얼굴을 아는 자들이다. 처음 보는 자가 들어오겠다고 하니 의아할 수밖에 없는 상황. 하지만 엔더크 남작과 잘 아는 사이 같아 확인을 위해 부사수를 저택 안으로 보내고, 다른 한 명은 그들을 감시했다.

잠시 후, 저택 안에서 누군가가 밖으로 헐레벌떡 나오는 것이 보였다. 엔더크 남작이었다. 그가 발렌과 눈이 마주치자 놀란 눈으로 그의 앞에 섰다.

"발렌시아 님. 여긴 어쩐 일이십니까?"

"반갑습니다, 엔더크 남작."

엔더크 남작은 발렌의 갑작스러운 방문에 놀라면서도 직접 마중 나와 그를 환영해 주었다.

"발렌시아 님께서 행방불명되었다는 소식을 들었습니다."

엔더크 남작은 이미 발렌이 여기에 온 의중을 대략 파악한 듯싶었다. 그가 행방불명된 시기가 그들 모두가 사라진 시간과 일치하니 파악하는 건 어렵지 않았을 것이다. 다만 그가 어디로 향했는지 몰랐을 뿐이다.

"한데 이분들은……?"

엔더크 남작은 후드를 뒤집어쓴 남녀에게서 언뜻 보이는 머리카락을 보고 정체를 대충 짐작하고 그들에게 경례를 했다.

"어서 오십시오. 많이 부족하지만 최선을 다해 모시겠습니다."

엔더크 남작이 하녀들에게 손짓하자, 짐칸에 있는 짐들을 전부 내렸다.

"짐은 따로 두겠습니다."

엔더크 남작은 경비병들에게 시선을 돌렸다.

"저택의 순찰을 강화하고, 수상쩍은 이가 저택에 오면 당장 내게 알려라."

"예!"

경비병들이 크게 대답했다. 엔더크 남작이 고개를 돌려 그들을 저택 안으로 직접 안내해 주었다. 저택은 증축을 한 것인지, 낡은 건물과 새로 지은 건물의 경계선이 확연히 보일 정도였다. 저택 내부는 굉장히 좋았다. 깔끔하고 정돈된 느낌이 물씬 풍겼다. 복도에는 동역에서 들여온 도자기가 놓여 있었고, 소박한 그림이 걸려 있었다.

“저택이 굉장히 좋네요.”

“그래?”

이바나는 ‘이게?’ 라는 듯한 어조였다. 워낙 좋은 곳에서 생활한 그들이다 보니 누추하게 생각할지도 모른다는 생각이 들었다. 황실과 비교하면 확실히 누추하게 보일지도 모른다. 발렌이 볼 때는 이 저택도 굉장히 좋게 보이지만 말이다.

엔더크 남작은 그들을 집무실로 안내했다. 집무실에는 소파가 있었다. 짐을 모두 내려놓은 하녀들이 집무실에 다과를 놓고, 찻잔에 홍차를 따랐다. 엔더크 남작이 나가서 일을 보라고 하자, 하녀들이 가볍게 고개를 숙이며 집무실 밖으로 나갔다. 하녀들이 밖으로 나가자 엔더크 남작이 빙그레 웃으며 말했다.

“발렌시아 님께서 황자 전하와 황녀님까지 데리고 오신 것이군요. 미스 엘로이께서 오신 것은 의외이기는 하지만……최선을 다해 보필하겠습니다.”

“고맙네.”

대답을 한 것은 아루스였다. 엔더크 남작의 시선이 밑으로 향했다. 그의 팔에 걸린 쇠고랑이 눈에 들어온 것이다.

“마법 처리된 쇠고랑입니까?”

“맞네.”

그가 손목에 찬 쇠고랑을 들어 보이자 철그렁거리는 소리가 집무실에 울렸다. 여전히 풀 수 없어 쇠고랑을 찬 채로 이곳까지 오게 된 것이다.

"제 역량이 닿는 대로 은밀하게 그 쇠고랑을 풀 사람을 찾아보겠습니다."

마법 처리가 된 쇠고랑은 중죄를 저지른 이가 차는 것이다. 대놓고 수소문하다가는 문제가 될 것임을 인지해 은밀하게 찾아보겠다고 말한 것이다.

아루스가 고개를 끄덕였다.

"고맙네."

똑! 똑!

집무실을 누군가가 노크했다.

"아버지, 안에 계세요?"

문 밖에서 여성의 목소리가 들렸다. 엔더크 남작이 말했다.

"그래, 들어오려무나."

곧 집무실 문이 열리며 여성이 들어왔다. 엔더크 남작의 머리색과 같은 머리색의 여인이었다. 발렌보다 나이가 조금 더 많아 보였다. 집무실에 손님들이 앉아 있는 것을 보고 그녀가 잠시 바라보다가 그의 옆에 섰다.

"무슨 일이니?"

“아뇨, 다름이 아니라 센티스 백작가의 움직임을 보고하려고요.”

“특별한 움직임이 있었니?”

“평소와 같았어요. 센티스 백작가의 일부 병사들이 벨루나 남작가에 넘어와 범죄를 저지르는 것을 빼면요.”

“그래? 벨루나 남작에게 항상 예의 주시해 달라고 서신을 보내 주거라.”

“예, 아버지.”

대화를 마친 엔더크 남작. 영지의 일에 대한 것이라고는 해도, 손님을 두고 다른 이와 대화를 나눈 것에 죄송하다는 표정을 지으면서 빙그레 웃으며 그녀를 소개했다.

“제 딸입니다. 제가 자리를 비울 때도, 있을 때도 제게 많은 도움을 주고 있지요. 리젠느, 인사드려라. 이분이 발렌시아 님이시다.”

리젠느와 발렌이 눈이 마주쳤다. 주근깨가 있어 미모를 좀 가리고 있으나, 상당한 미인이라는 것을 알 수 있었다. 눈이 치켜세운 듯 날카로운 것이 상대를 주눅 들게 만드는 것이 있었다. 강인해 보인다고 할까. 그녀가 인사했다.

“반갑습니다. 전 리젠느 폰 엔더크라고 합니다. 발렌시아 님에 대해서 아버지께 익히 들었습니다.”

리젠느는 기사처럼 경례를 하고 있었다. 여기사는 흔하

지는 않지만 존재하지 않는 것도 아니다. 실제로 황실과 몇몇 영지에 여기사들이 존재하고 있으니까. 엔더크 남작가는 기사 가문이다. 그녀도 엔더크 남작의 영향을 받은 듯 보였다. 발렌은 자리에서 일어나 고개를 숙였다.

"반갑습니다. 발렌시아 알슈타이트입니다."

엔더크 남작이 고개를 갸웃거렸다.

"발렌시아 님. 무례한 질문입니다만, 성씨가 있으셨습니까?"

"얼마 전 세기어 왕국의 사절로 갔다가 칭호를 하사받았습니다."

"그렇군요. 명예로운 일을 하신 모양입니다. 세기어 왕국에서 칭호까지 주다니."

이곳까지 그 소식이 전해지지 않은 모양이다. 하기야, 거리가 보통 먼 것이 아니니 그럴 법도 하다. 세인브리트에서 엔더크 남작령까지 두 달 거리이다. 포장된 길을 따라 마차를 타고 왔다는 가정 하에서 말이다. 발렌의 경우 지름길을 타고, 거의 쉬지 않고 동쪽으로 달려서 한 달이 조금 넘어서 이곳에 도착한 거지, 그렇지 않았다면 아직도 마차를 타고 오고 있는 도중일 것이다.

"언제까지라도 좋으니 집처럼 편히 계시길 바랍니다. 저도 최선을 다해 발렌시아 님을 보필하겠습니다."

“고맙습니다, 엔더크 경.”

“아닙니다. 과거의 제 어리석은 행위를 만회할 만큼 충
정을 보여드리겠습니다.”

*　　*　　*

“네게 충성을 맹세했다는 말은 들었지만, 보고도 믿기지
않네. 너 진짜 정체가 뭐야?”

발렌은 이바나의 질문에 대답을 회피했다. 이바나는 발
렌이 여전히 질문에 대답을 하지 않자 답답하다는 듯 자신
의 가슴을 때렸다. 발렌은 여기까지 오는 한 달이 넘는 시
간 동안 자세한 이유를 말해 주지 않았다. 말해 준 것은 센
티스 백작의 휘하에 있는 영주들이 그에게 충성을 맹세했
다는 것뿐. 하지만 당시 평민이었던 그에게 충성을 맹세한
이유를 말해 주지 않아 모두가 궁금해하고 있었다.

“오늘 말씀드릴게요.”

오는 도중에는 언제 현상금 사냥꾼들이 올 줄 모르니 도
착해서 말해 준다고 했다. 이제 엔더크 남작가에 도착했으
니 시간도 많을 테고, 현상금 사냥꾼이 쫓을 일도 없다. 설
령 현상금 사냥꾼이 이곳까지 추적을 했어도 엔더크 남작
이 보호해 줄 테니 더더욱 안심이다. 오늘 저녁에 모두 모

였을 때 말해 줄 생각이었다.

"그래. 또 저녁에 말해 준다 해 놓고 말 안하기는 없기 야?"

발렌이 고개를 주억였다. 말해 줘야 이바나는 물론 엘리 즈와 아루스가 이 상황을 어떻게 해결해 나갈지, 어디까지 발렌이 조력해 줄 수 있을지 감을 잡을 수 있기 때문이다.

＊　　＊　　＊

저녁. 엔더크 남작가에서 잠시 휴식을 취하고 저녁 식사 시간이 될 때, 엔더크 남작이 발렌과 이바나, 엘리즈, 아루스 를 만찬에 초대했다. 이 저택에서 일하는 하녀는 단 두 명. 하지만 길게 놓인 식탁에는 엄청난 양의 음식들이 놓여 있었 다.

두 눈이 휘둥그레질 만큼 많은 양. 두 사람이 하기에 힘 든 양인 것은 확실했다. 식탁 다리가 부러지는 게 아닐까 싶을 정도로 가득 놓여 있었다. 엔더크 남작과 리젠느도 같이 자리에 있다. 식탁에 놓인 양초는 식당을 잔잔하게 비추었다. 엔더크 남작이 손을 들어 하녀들에게 말했다.

"잠시 나가 있겠나? 내 손님들과 할 얘기가 있어서 말이 야. 필요한 게 있으면 따로 부를 테니 너희들도 가서 식사하거라.”

“예, 엔더크 남작님.”

하녀들이 정중히 예의를 갖추며 식당 밖으로 나갔다. 하녀들이 나가고 엔더크 남작은 그들에게 빙그레 웃으며 눈을 감고 기도를 올렸다. 그는 알테미아 교의 독실한 신자인 듯했다. 이곳에 모인 이들은 모두 알테미아 교를 믿고 있어 다 같이 기도를 올린 뒤, 식사를 시작했다.

철그렁. 철그렁.

조용한 식당에 울려 퍼지는 철이 부딪치는 소리. 그 소리의 근원지는 아루스였다.

“미안하네, 엔더크 경. 상황이 이렇다보니 시끄러워도 참아 주겠나?”

아루스는 움직일 때마다 소리를 내는 쇠고랑 때문에 양해를 구했다. 엔더크 남작도 빙그레 웃으며 고개를 주억였다.

“별 수 없지요. 일단 하녀들에게 황자 전하의 쇠고랑을 풀 만한 대장장이들을 은밀하게 알아내 데리고 오라고 했습니다. 빠른 시일 안에 그것을 풀 수 있을 겁니다.”

아루스는 믿고 맡기겠다는 듯 고개를 주억였다. 그렇게 한참 조용히 식사가 진행되는 가운데, 시선이 느껴졌다. 발렌의 시선이 그쪽으로 향했다. 자신을 바라본 사람은 맞은편에 앉아 있는 리젠느였다. 하나 발렌이 바라볼 때면 그녀의 시선은 항상 아래로 향해 있었다.

'기분 탓인가?'

그는 다시 식사에 열중한다. 그러다가 문득 옆에 앉아 있던 이바나가 그의 옆구리를 팔꿈치로 콕콕 찔렀다.

"발렌. 이제 슬슬 말할 때 되지 않았어?"

"아, 그거요?"

이바나가 고개를 주억인다. 모든 이들의 시선이 발렌에게로 향한다.

"리즈와 아루스 황자 전하, 그리고 이바나 씨에게 드릴 말씀이 있어요."

"혹 불편하면 잠시 나가 있겠습니다."

식사 도중임에도 그리 말하는 엔더크 남작. 발렌이 고개를 저었다.

"엔더크 남작이 제게 충성을 맹세한 이유를 말해 드리기로 했어요."

"아직 말씀드리지 않으셨군요."

이곳에 왔다면 당연히 말했을 줄 알았다. 하지만 말하지 않았다니 좀 의외였다.

"발렌시아 님. 혹시 괜찮다면……."

엔더크 남작이 발렌에게 시선을 돌렸다. 눈이 마주쳤다.

그의 눈빛은 마치 자신이 말해도 되는지 허락을 맡는 것 같았다. 발렌이 손을 들었다.

"제가 말씀드릴게요. 제가 말하기로 했으니까요."

모든 이들의 시선이 발렌에게로 향한다. 사실을 아는 엔더크 남작은 떨리는 손으로 잔을 들어 와인을 한 모금 마셨다. 그에게는 불명예스러운, 자신의 과거를 말하는 것이나 다름이 없으니까.

"전 몰락 귀족의 자식이에요."

평민의 자식이라고 생각했는데, 몰락 귀족의 자식이라니. 처음 들었기에 놀란 눈으로 그에게 시선을 집중했다.

"정확히는 어머니가 몰락 귀족이시죠. 샤란 디 마이셀. 그것이 제 어머니의 본명이세요."

엘리즈와 이바나가 놀란 얼굴이다. 아올란 마을에 갔을 때 그녀들은 발렌의 어머니를 만났다. 상당히 유식하고, 말도 조리 있게 하면서 행동 하나하나에 기품이 묻어 나오는 사람이라는 것을 느꼈다. 평민치고는 평범하지 않다 생각하기는 했는데, 다 그 이유였던 것이다.

"아버지는 어머니의 사정을 알고 계시고, 이 일을 저와 제 동생에게 비밀로 하고 계셨죠. 저는 아주 우연찮게 알게 된 거지만 두 분 다 아직 제가 그 비밀을 알고 있다는 사실을 모르고 계세요."

“영지를 가졌던 몰락 귀족들은 대부분 그런 운명이지. 가문이 몰락해 정체를 숨기고 다니는 일은 비일비재하니까.”

몰락하는 이유는 여러 가지가 있으나, 결코 좋은 꼴을 보지 못하는 것도 사실이다.

“한데 마이셀 가문과 이 영지는 무슨 관계지? 혹시 어 영지가 옛날에 마이셀 가문에게 도움을 많이 받은 건가?”

아루스가 그런 질문을 했다. 영주들끼리 똘똘 뭉쳐 우를 다지고, 공생 관계인 영지는 꽤 많이 있다. 엔더크 남작가도 그와 같은 관계가 아닐까 추측하는 것이다. 발렌은 그 질문에 대답을 망설였다. 말하기로 했지만 엔더크 남작의 명예를 황실 앞에서 실추시키는 일이나 다름이 없기 때문이다. 거짓말을 좀 보태 순화해서 말할까 생각하던 발렌. 하나 엔더크 남작은 덤덤한 얼굴로 망설이고 있는 발렌을 바라보며 빙그레 웃었다.

“그에 대한 대답은 제가 해도 되겠습니까?”

엔더크 남작이 발렌에게 허락을 구한다. 발렌이 고개를 주억였다.

“황자 전하께서 상상하시는 것과 다릅니다. 제 딸도 이 사실을 전혀 모릅니다만, 언젠가 알게 될 사실이니 지금 이 자리에서 말씀드리겠습니다.”

기사로서 자부심을 느끼는 딸 앞에서 말하기 어려운 것

은 사실이다. 분명 굉장히 놀랄 것이고, 믿기 힘든 일일 것
이다. 하지만 엔더크 남작은 이미 사실을 알릴 각오가 된
듯 말을 꺼냈다.

"마이셀은 현재의 엔더크 남작가, 벨루나 남작가, 마덴
남작가의 영지를 지배했던 가문입니다. 하지만…… 저를
포함해 벨루나 남작과 마덴 남작이 마이셀 가문을 배신했
지요."

"주군을…… 배신했단 말인가?"

아루스의 시선이 차가워졌다. 기사에게 있어 주군은 바
꿀 수 없는 것이며, 배신해서는 안 될 존재이다. 기사도 정
신은 주군을 위해 목숨을 바친다는 것에 기반을 둔다. 전
란 속에서도 기사들이 용맹하게 싸울 수 있는 것도 다 기사
도에서 비롯된 것이다. 그런데 기사도 정신을 저버린 엔더
크 남작. 당연히 아루스가 좋지 않게 생각할 수밖에 없었
다.

리젠느도 몹시 놀란 얼굴로 자신의 아버지를 바라보고
있었다. 정말 그녀 앞에서는 처음 말하는 것 같았다. 엔더
크 남작은 애써 리젠느의 시선을 피하면서 아루스에게 시
선을 맞췄다.

"변명은 하지 않겠습니다. 눈앞에 놓인 야망에 눈이 멀어
주군을 배신했다는 사실이 저와 벨루나 남작, 마덴 남작의

마음을 계속 옥죄고 있습니다. 지금도 마찬가지지요.”

발렌이 마이셀 가문에 속죄하기 위한 연결 고리라는 것을 부정하지 못한다. 발렌은 지금까지 짓눌렀던 죄책감을 해소하기 위한 유일한 수단일 것이다.

하지만 엔더크 남작도 안다.

“고작 이 정도로 죄가 뉘우쳐질 것이라 생각하지 않습니다.”

이미 한 번 주군을 배신한 죄는 결코 가볍지 않은 것. 그는 센티스 백작을 주군으로 모셨고, 일을 저지른 후에 엄청난 후회를 했다. 지금부터 최선을 다해 발렌을 통해 속죄를 하려고 해도 평생 갚을 수 없다는 것도 잘 안다.

“저희들의 한순간 잘못된 결정으로 마이셀 가문은 몰락했고, 샤란 님께서도 고생하셨을 겁니다. 평생을 속죄해도 부족하지요.”

그러더니 엔더크 남작이 품에서 단검을 꺼내 내려놓았다.

“발렌시아 님의 말에 무조건 복종할 겁니다. 발렌시아 님께서 죽으라고 명령하면 언제든지 자결할 수 있도록 가지고 다니고 있습니다. 발렌시아 님. 제가 맹세한 충정을 믿을 수 없다면 지금 당장 자결하라 명해 주십시오.”

리젠느의 얼굴이 순식간에 굳어졌다. 아루스가 엔더크 남작을 바라본다. 그의 눈빛은 진심이었다. 거짓 하나 없는 진실. 진심으로 죄를 뉘우치고 있으나, 이미 벌어진 일을 어찌할 도리가 없다. 그는 주군을 배신했고, 그로 인해 지금 이 영지를 차지하고 있으니까.

"후우!"

그의 결의가 보통이 아니라는 것을 확인한 아루스가 한숨을 내쉬며 등받이에 등을 기댔다.

발렌은 한동안 눈을 감고 있다가 주먹으로 식탁을 때렸다.

"협박하는 것도 정도가 있는 거 아닌가요?"

그는 무척 화가 난 듯 보였다.

"어떻게 자신의 목숨을 가지고 협박할 수 있어요? 혼자서 속 시원해지려고 하다니. 너무 이기적인 거 아니에요? 제 생각은 안 하고, 자기만 생각하다니. 그게 엔더크 남작이 충성을 하는 방법이에요?"

"……."

"전 엔더크 남작을 믿을 수 없어요. 용서한 것도 아니죠. 엔더크 남작의 주군이었던 제 외할아버지를 배신하여 죽음에 이르게 하고, 어머니에게 평생의 한을 맺히게 만든 건 사실이니까요. 전 어렸을 적부터 어머니께서 악몽을 꿔서 소리 지르는 걸 들었어요. 아버지, 어머니, 오라버니라고 외치면서요. 제가 사서로 들어가기 전에도 특정한 날에 그런 악몽을 꾸고 계셨고요.”

“예. 샤란 님께서는 평생 가슴에서 지울 수 없는 비극이지요. 하지만 제가 할 수 있는 것은 그저 발렌시아 님의 명령에 복종하는 것뿐…….”

“명령에 복종한다고 해서 그게 풀어질 거라 보세요?”

발렌이 엔더크 남작을 노려보았다. 끝까지 자신의 생각을 고집하는 그의 이기적인 행동에 화가 난 것이다.

“앞으로 제가 엔더크 남작을 믿을 수 있게 행동하면 되는 거예요. 조금이라도 저와 어머니가 화를 풀 수 있도록.”

“예, 물론입니다. 어떤 명령을 내리시더라도 따르기로 이미 벨루나 남작, 마덴 남작과 결정했습니다.”

발렌이 고개를 저었다.

“제가 방금 말씀드렸잖아요. 명령에 복종하라는 말이 아니에요. 저는 그런 충성은 원하지 않아요. 조금이라도 속죄를 하고자 하면 자신의 생각만 하지 말고 조금 더 주군을 생각하세요. 주군의 말에 무조건 복종하는 게 충심이 아니란 거예요.”

“전 기사입니다. 주군의 말에는 무조건 복종하는 것이 제가 충성할 수 있는 유일한 방법입니다.”

고지식할 정도로 명령에 복종하는 방법밖에 없다고 하는 엔더크 남작. 무슨 강박관념이라도 있는 듯한 그 모습은 답답하게 느껴질 정도다. 발렌이 눈을 감고 잠잠히 생각했다. 엔더크 남작이 무엇 때문에 이러는지 조심스럽게 추리해 본다. 기사라는 것에서 생긴 것 같기도 하지만, 혹시 그가 충성하는 방식에 대한 생각이 본질적으로 다른 것이 아닐까 했다. 그것도 아니면……

'진짜로 언제든 내 명령에 죽을 수 있도록 자신을 옥죄고 있는 것이거나.'

그것은 그릇된 충정이다. 옳고 그름을 판단하지 못해 본인은 물론 모시는 주군까지 해치게 되는 일이 될 수 있는 것이다.

"잘못된 걸 알면서 무조건적으로 명에 따르는 자는 간신보다 더한 자이고, 잘못한 걸 알고 주군을 꾸짖을 용기를 가진 자가 진짜 충신이라고 했어요."

발렌의 말에 엔더크 남작은 머리를 한 대 맞은 듯한 충격을 받았다. 그가 입을 꾹 다물었다. 발렌은 그를 바라보며 말을 이었다.

"엔더크 남작은 제게, 제 어머니에게 그런 사람이 되어 주도록 하세요. 맹목적으로 자신을 가둬 두기 위한 행동이 아닌, 스스로의 머리에서 어떤 것이 이롭고 좋은 결정인지 생각해 주세요. 그게 제가 엔더크 남작에게 바라는 충성입니다. 명령에 복종하기 전, 옳고 그른 것을 판단해 옳은 길로 갈 수 있도록 해 주세요."

순식간에 식사 자리가 침묵에 감싸인다. 리젠느는 발렌의 말솜씨에 감탄하며 그를 바라보았다. 정말 평민으로 산 것이 맞나 싶을 정도로 말재주가 좋았다.

'아아, 이렇게 빛이 나는 분이 또 있을까!'

엔더크 남작은 발렌 등 뒤에 광휘가 보이는 것처럼 빛나는 사람으로 느껴졌다. 그의 가슴속에 그 어떤 말로 형용할 수 없을 정도의 감동이 벅차올랐다. 그의 말을 몇 번이나 곱씹은 엔더크 남작이 자리에서 일어나 그의 앞에 한쪽 무릎을 꿇었다.

"감사합니다, 발렌시아 님. 부족하고 우둔한 제게 가르침을 주셨습니다."

"가르침까지야. 그리고 자신을 낮추지 마시고 일어나세요."

발렌은 여러 사람이 보는 앞에서 무릎을 꿇은 그를 보고 얼른 일어나기를 바랐지만, 그의 한쪽 무릎은 바닥에 붙은 것처럼 떨어지지 않았다.

"지금 당장은 힘들겠지만, 발렌시아 님이 바라시는 대로 그런 사람이 되도록 노력하겠습니다."

"예. 그러니 제발 일어나 주세요."

"벨루나 남작과 마덴 남작에게도 방금 발렌시아 님의 말을 전하겠습니다."

"알겠어요, 알겠으니 제발……."

감동에 벅차올라 무릎을 계속 꿇고 있는 엔더코 남작과 곤란해 하는 발렌. 이 판이한 모습을 보고 이 자리에 있는 모두가 조용히 숨죽여 웃었지만, 리젠느는 그들처럼 웃을 수 없었다.

*　　*　　*

세인브리트 황성. 수많은 대소 신료들이 모인 가운데, 황성 내부는 엄숙한 분위기였다. 아루스가 감옥에서 탈출하여 행방불명되었지만, 가벨의 진영에서는 이것을 기회삼아 황제 즉위식을 서두른 것이다.

밖은 여전히 아루스를 찾기 위한 움직임으로 분주하지만, 가벨에게 중요한 것은 황제의 자리에 오르는 것이었다. 전대 황제의 최측근이었던 마셀이 왕관과 지팡이, 그리고 망토를 들고 그의 앞에 섰다. 전대 황제뿐만 아니라 바올라 제국 대대로 황제들이 착용한 것들이다. 마셀이 그의 뒤에 서서 망토를 입혀 주고, 왕관을 씌워 준 후, 지팡이를 건넸다. 그의 모습은 누가 뭐라고 할 수 없는 황제의 모습이었다.

모두가 가벨을 주목했다. 가벨은 귀족들을 내려다보며 연설을 시작했다.

"이 자리에 오르기까지 수많은 역경이 있었다. 아루스는 자신이 황제가 되고자 자객을 보내는 불명예스러운 일을 벌였다. 또한 그는 자신이 결백하다 주장했으나, 감옥에서 탈출하였다. 자신의 죄를 인정하지 않고 자신의 명예마저 더럽히면서 탈출한 그는 황제의 자리에 있을 재목이 아니다."

황제 즉위식에서마저 아루스에 대한 악담을 했다. 아루스 진영의 귀족들은 담담히 듣고 있지만, 속으로는 그렇지 않았다. 가벨 진영 측에서 짠 검은 음모에 아루스가 걸렸을 뿐이라는 것을 다 알고 있다. 오히려 방금 전의 그 발언으로 인해, 자신은 여전히 아루스에 대한 질투와 황위에 대한 욕망이 깊다는 걸 알린 꼴이다. 아루스 진영의 귀족들은 여전히 아루스가 황제가 되어야 한다고 생각하고 있었다.

"짐은 나라의 모든 부패를 척결하고, 모든 신하들을 품어 아국의 영광을 영원토록 이어 나갈 것이다."

가벨이 지팡이를 하늘높이 쳐들었다.

"현 시간부로 가벨 폰 바올라가 바올라 제국의 황제가 되었음을 선포한다!"

전대 황제가 앉아 있던 자리에 가벨이 앉았다. 수많은

대소 신료들이 그의 앞에 무릎을 꿇었다. 자신의 편에 서
던 귀족들의 얼굴에는 미소가, 자신을 무시하던 귀족들의
얼굴에는 절망이 피어올랐다. 하지만 그들 역시 가벨의 앞
에 고개를 낮추었다. 그 모습을 보고 가벨은 씩 웃었다. 드
디어 자신이 바라던 황제가 된 것이었다.

*　　　*　　　*

　이튿날 아침, 정오가 되기 전에 엔더크 남작의 저택에
열 명 남짓 대장장이들이 찾아왔다. 아루스가 차고 있는
쇠고랑을 해체하기 위해 온 대장장이들이었다. 때문에 아
루스는 대장장이들과 함께 있었고, 발렌은 저택의 정원에
엘리즈와 이바나와 함께 나와 잠시 바람을 쐬고 있었다.
　"엔더크 남작은 제게, 제 어머니에게 그런 사람이 되어
주도록 하세요. 그게 제가 바라는, 엔더크 남작에게 바라
는 충성입니다. 도저히 머릿속에서 잊히지 않는다니까. 말
도 참 멋들어지게 했어."
　이바나가 발렌의 말투를 따라하며 팔꿈치로 그의 팔을
콕콕 찌르며 웃고 있었다. 어제저녁 만찬 때 했던 말을 가
지고 발렌을 놀리는 이바나. 발렌은 자신이 말한 것을 남
에게 듣자니 조금 부끄러운 듯 시선을 회피했다.

“책에서 나온 구절을 조금 인용해서 말한 것뿐이에요.”

“알렌드라 작가의 ‘아르고의 기사들’에 나온 구절이지?”

엘리즈의 말에 발렌이 고개를 주억였다.

“맞아. 아르고가 기사들을 혼낼 때 한 말이야.”

“아르고의 기사들에 나오는 가장 명장면이지.”

발렌과 엘리즈가 마주보며 웃었다. 이바나는 그런 그들의 모습을 보며 질린다는 얼굴이었다.

“아르고의 기사들은 나도 봤지만 그런 구절은 기억에 없는데. 거기 명장면은 기사들이 임무를 달성하기 위해 분투하는 거 아니었어? 너희들은 어떻게 그런 사소한 것들도 기억해?”

“흥미를 두는 방향이 달라서 그런 게 아닐까요?”

발렌과 엘리즈가 동시에 어깨를 으쓱였다. 이바나는 도저히 이해할 수 없다는 듯이 둘을 바라보았다. 가끔 그들을 보면 책의 단어 하나하나까지 외우는 것처럼 느껴질 정도다. 그게 대단하게 보이기는 하지만, 보통 책벌레가 아니라는 생각이 들기도 했다.

“책 얘기가 나와서 그러는데, 이 저택 지하에 도서관이 있다는 모양이야.”

엘리즈가 언제 알아낸 것인지 그런 말을 해 왔다. 발렌이 그녀의 말에 흥미가 동했다.

"그래?"

"응. 한 번 둘러볼래? 오라버니가 끝내고 나오려면 시간이 좀 걸릴 것 같으니까."

발렌이 괜찮겠다는 생각을 하며 고개를 끄덕였다. 이바나는 그런 그 둘을 바라보다 한숨을 내쉬며 고개를 저었다. 이 책벌레들은 이곳에 와서도 책이 있으면 가만히 있지를 못한다고 생각했다.

"이바나 씨는 어떻게 하실래요?"

"나도 따라갈게."

혼자 있기도 적적하고, 여기에서는 제대로 실험을 할 수 없으니 도서관이라도 가자고 생각했다. 혼자 멍하니 아무것도 안 하는 것보다 도서관에 가면 최소한 책으로 심심함은 달랠 수 있을 테니까.

그렇게 엘리즈의 뒤를 따라 저택 지하의 도서관으로 향한 그들. 지하에 있기 때문인지 내려오자마자 라이트 스톤이 곳곳을 환하게 비추고 있었다.

"라이트 스톤을 구입하기 힘들 텐데, 이곳에는 꽤 많네?"

이바나가 라이트 스톤을 바라보며 의아한 얼굴을 하고 있었다. 그러나 발렌은 아무렇지 않은 얼굴로 말했다.

"아마 그건 별로 문제가 안 될 거예요. 제가 알기로 센티스 백작령과 남작령들 가운데 마정석이 매장된 광산이 있다고 하거든요."

그것 때문에 센티스 백작령과 마이셀 가문이 오랫동안 전쟁을 해 왔다고 하지 않던가. 근처에 마정석이 매장된 광산이 있으니 구하기는 쉬울 테고, 그것을 라이트 스톤으로 바꿀 마법사만 있으면 그리 귀한 것은 아닐 것이다.

그렇게 지하의 복도를 계속 걷자 어느덧 문 하나가 그들을 맞이해 주었다. 엘리즈가 문을 열자 문에 매달려 있는 방울이 소리를 냈다. 그 소리를 듣고 안쪽에서 일하던 도서관 사서가 일어났다.

"안녕하십니까. 저는 도서관 사서인 알레드라고 합니다. 찾으시는 것이 있으신지요?"

알레드는 정중히 인사하며 그들을 맞이해 주었다. 엔더크 남작이 저택에서 일하는 식솔들에게 그들을 정중히 맞이하라 이른 것이다. 아루스의 목에 걸린 현상금 때문에 정체가 누구인지 말하지는 않은 것 같고, 귀한 손님으로 설명한 것 같았다.

"무슨 책이 있는지 둘러보려고요."

"예, 그럼 편히 둘러보시길 바랍니다. 혹시 궁금한 것이 있다면 제게 말씀해 주십시오."

알레드가 다시 한 번 정중히 인사하며 자리에 앉았다. 이바나가 그의 옆구리를 콕콕 찔렀다.

"왜요?"

"도서관 사서가 다른 도서관의 사서한테 저런 말 들으니 어때?"

"묘한 기분이기는 하네요. 제가 저기에서 저렇게 말해야 될 것도 같고요."

발렌의 말에 이바나와 엘리즈가 가볍게 미소를 지었다. 그들은 책꽂이로 가서 읽을 만한 책이 뭐가 있을까 둘러보았다.

황실 도서관이나 세인브리트 마탑 도서관보다 눈에 띄게 적은 양. 주로 기사들에 관한 책으로 가득했지만, 문학 서적도 상당했다. 의외로 처음 보는 책들이 많았다. 그러다가 문득 발렌의 눈에 어떤 서적의 작가 이름에 눈이 갔다.

'저자 메데이아?'

메데이아라면 이 나라의 작가가 아니었다. 그가 알기로 메데이아는 메이어 신성 제국의 작가이다. 생각해 보니 이 영지는 메이어 신성 제국의 국경과 그리 멀지 않았다. 그 때문인지 이곳 도서관에서는 한 번도 보지 못한 타국의 책들이 책꽂이에 꽂혀 있었다. 발렌은 다른 책들을 둘러보고 메이어 신성 제국의 책들이 많다는 걸 알게 되었다.

도서관의 대부분 책은 이 나라의 것이지만, 3분의 1정도는 메이어 신성 제국의 책 같았다. 황실과 세인브리트 마

탑 도서관에는 국내외를 불문하고 다양한 서적이 들어온다
고 하지만, 대부분 걸러서 들어온다. 하지만 이곳은 걸러
서 들어오지 않는 것 같았다.

"못 본 책들이 많아서 그런지 볼만하겠는데요?"

"그러게. 무엇부터 봐야 할지 모르겠어."

"……."

그들은 곤란하다는 듯 말하고 있지만, 표정은 전혀 아
니었다. 이바나는 그들이 행복한 고민을 하고 있다는 것을
표정만 보고도 알 수 있었다.

'하여간.'

이 책벌레들은 못 말리겠다. 이바나는 고개를 저으며 남
몰래 피식 웃었다.

Chapter 02
엔더크 남작령에서

<반역죄>

반역을 꾀한 자와 조력자는 재판 없이 즉결 처형이 가능하다. 모든 재산을 압수하며 그 가족을 삼대까지 멸한다. 반역을 꾀한 자가 영주라면, 그 영주의 영지를 황폐화시키고 영지민들을 모두 외지로 추방시킨다.

—바울라 제국법 14조항—

* * *

리젠느는 이른 아침에 수련을 마치면 엔더크 남작의 일을 도왔다. 영지의 일을 맡아 하는 집사가 몇 개월 전에 일을 그만둔 후로 그녀가 그 일을 대신하고 있는 것이다. 처음에는 어렵고 복잡하고 힘들었지만, 하나하나 깨우쳐 나가자 이제 그녀도 이 일에 적응했다. 하지만 오늘 그녀는 자신의 일에 집중하지 못하고 있었다.

리젠느가 관자놀이에 손을 짚고, 나머지 한 손의 손가락으로 탁자를 두들겼다. 고민거리가 있으면 버릇처럼 하는 행동이었다.

'답답하구나.'

그녀의 머릿속에는 오로지 발렌에 대한 생각이 가득했다. 아버지에게서 발렌이 누구인지에 대한 말은 들었지만 자세한 얘기를 들은 건 어제저녁이 처음이었다. 그녀에게는 매우 충격적인 일이었다. 아버지가 과거에 불명예스러운 일을 저질렀다는 것이 믿기지 않았다.

'게다가 현상금이 걸린 황자를 데리고 온 것도 그렇고.'

그녀는 오늘 아침, 수련을 나갔다가 마을 벽보에 붙은 수배서를 보고 깜짝 놀랐다. 아루스 황자에게 어마어마한 거액의 현상금이 걸려 있는 것이다. 죄목은 황실 능멸죄, 반역죄다. 다행히 발렌시아나 엘리즈, 이바나에 대한 현상금은 없었지만 안심할 수는 없는 노릇이다.

아루스와 엘리즈는 황실 특유의 외모 특징 때문에 눈에 띄지 않도록 와야 했다. 하지만 발렌시아와 이바나는 그렇지 않았다. 그들은 돌아가면서 마차를 이끌고 왔기에 비교적 사람들에게 얼굴을 보이면서 왔다. 황실에서도 그들이 같이 탈출했다는 것을 알게 되면 그들의 수배서도 돌릴 게 뻔하다.

'상당히 위험해.'

아루스에 대한 일로 발렌과 이바나에 대한 조사는 소원한 것 같아 보이지만, 그것은 아닐 것이다. 이바나도 이 나라의 만만치 않은 가문의 여식이다.

이바나 디 엘로이. 바올라 제국 최고의 마법사 가문이며 현재 세인브리트 마탑의 탑주가 엘로이 가문이다. 그들까지 본격적으로 착수하게 된다면 이 영지에 왔다는 것이 금방 들통날 것이다.

'하지만 아버지께서는 그들을 내치시기보다 오히려 옹호하고 계셔.'

가벨에 대한 소문은 이런 변방 영지에까지 퍼져 있다. 폭군의 기질이 다분하다고. 리젠느도 아루스가 황제가 되길 원하는 편이다. 하지만 모든 정황이 아루스에게 불리하게 돌아가고 있는 현 상황은 그렇게 반길 수만은 없었다.

아루스 황자가 감옥에서 탈출한 뒤, 가벨 황자가 황제 즉

위식을 거행한다는 말도 들려왔었다. 아마 지금쯤이면 새
로운 황제로 즉위하지 않았을까 싶다.

'이건 진짜 반역이야.'

아루스 황자 편에 서 있는 귀족들까지 일제히 합심한다
면 그나마 안전할 수 있겠으나 이것은 곧 내전이 된다는 뜻
이다. 황제가 된 가벨이 이것을 가만두지 않을 테니까. 이
나라의 운명이 엔더크 남작의 결정에 달려있다. 아루스의
신변을 맡고 있다고 신고한다면 쉽게 넘어갈 수 있는 것이
고, 발렌을 돕는다는 것은 곧 아루스를 도와 내전을 치르겠
다는 의미인 것이다.

'아루스 황자를 도와 성공하게 된다면 아버지가 저질렀
다는 그 불명예스러운 일을 모두 청산하고도 남아. 하지만
도박성이 짙어.'

차라리 안전한 길을 선택하는 게 좋다. 아루스 황자가 이
곳에 있다고 신고하여 넘겨주기만 하면 되는 일이다. 그러
면 이 영지에는 아무런 피해도 없다. 하지만 자신은 이 일
을 함부로 다룰 수 없다. 자신이 아닌 엔더크 남작이 판단
해야 할 일이기 때문이다. 자신의 뜻이 확고하여도 엔더크
남작이 거부하면 어쩔 수 없었다.

'방법은 설득뿐인가.'

그녀는 자신이 할 수 있는 일과 엔더크 남작이 직접 결재

해야 할 문서들을 분류했다. 그녀는 엔더크 남작이 볼 문서를 들고 집무실로 향했다.

똑! 똑!

"아버지, 안에 계세요?"

리젠느가 엔더크 남작이 일하고 있을 집무실 문을 두드렸다. 안에 있던 엔더크 남작의 목소리가 들려왔다.

"들어오려무나."

허락과 함께 리젠느가 집무실 문을 열고 안으로 들어왔다. 엔더크 남작은 쌓여 있는 서류들을 확인하고 결재한 후, 정리하고 있던 참이다. 엔더크 남작은 그녀를 바라보며 물었다.

"무슨 일이라도 있니?"

"마덴 남작님께서 마정석의 거래를 두 배 정도 늘리는 게 어떻겠느냐고 제안하셨어요."

"음…… 아무리 올해가 풍년이었다고는 하지만, 두 배는 너무 과한데. 일단 벨루나 남작에게 그만큼 구입할 수 있는지 물어보는 게 좋겠구나."

엔더크 남작, 벨루나 남작, 마덴 남작은 서로 협력하며 영지를 이끌어 가고 있었다. 누가 보면 하나의 영지라고 볼 정도로 서로 잘 협력하고 있었다.

또한 그들은 센티스 백작령에 영지전을 선포하고 승리하

여 마정석 광산을 얻어 냈다.

센티스 백작령과 영지를 맞대고 있는 마덴 남작은 마정석 광산을 관리하고 있으며 엔더크 남작, 벨루나 남작과 거래를 하고 있었다.

영지의 땅이 비옥하지 않은 마덴 남작가 쪽은 자원이 많이 매장되어 있다. 채굴한 마정석을 엔더크 남작가와 식량으로 거래를 하고, 엔더크 남작은 거래한 마정석을 벨루나 남작가에 다시 되파는 형식이다.

마법사 가문인 벨루나 남작가는 거래한 마정석을 라이트스톤으로 가공해 다른 영지에 되팔아 이윤을 챙기고 있었다. 서로 이윤을 챙길 수 있는 거래였다.

엔더크 남작은 알겠다며 고개를 끄덕였다. 하지만 리젠느는 나가지 않았다. 용무를 마치면 리젠느는 보통 그가 다시 일하거나 쉴 수 있도록 밖으로 나갔다. 하지만 오늘은 어째서인지 오도카니 서 있었다.

"다른 일거리가 있니?"

"아뇨, 이게 끝이에요. 다만 한 가지 궁금한 게 있어서요."

"뭐니?"

"어제 얘기한 게 사실이에요?"

리젠느는 어제저녁 식사 때 자신의 아버지가 한 말을 믿을 수 없었다. 주군을 배신해 영주가 되었다. 30여 년 전, 현재 그녀보다 조금 어린 나이에 영주가 된 것은 알고 있었지만, 주군을 배신해서 얻은 것이라고는 상상하지도 못한 까닭이다.

"어제 이 아비가 스스로 밝힌 그대로다."

"어떻게 그럴 수가 있죠? 아버지를 늘 존경스러워했는데."

리젠느는 자신의 아버지를 항상 존경스러워했다. 그녀가 기사가 된 것은 검에 흥미가 있는 것도 있지만, 아버지를 동경했던 것이 가장 컸다. 그렇기에 당연히 공을 세워 당당히 영주가 되었으리라 생각했는데, 그것은 자신의 착각이었다. 존경해 마지않던 아버지가 실은 주군을 배신해서 이 영지를 꿰찼다고 생각하니 도저히 믿을 수가 없던 것이다.

그녀는 아버지에 대한 실망으로 가득 차 있었다. 주군을 목숨과 같이 여기고 지켜야 하는 것이 기사의 가장 기본적인 명예다. 하지만 엔더크 남작은 그 기본적인 명예를 배신했다.

"지나간 사실은 변하지 않는다. 그것이 아버지의 과거고, 지금의 나니까. 발렌시아 님을 통해 속죄를 하고 싶다고 해도…… 내가 저지른 불명예스러운 일은 평생 나를 따라오겠지."

엔더크 남작도 잘 안다. 이미 불명예스러운 일은 30여 년 전에 벌였고, 그로 인해 자신은 쭉 그 죄책감과 후회 속에 살아가야 한다는 것을.

"하나 그렇다고 아무런 일도 하지 않으면 오히려 그게 더 죄다. 돌아가신 주군에게 죄를 용서받지 못하겠으나, 발렌시아 님이 남아 계신다. 외손이라고 해도 그분은 마이셀 가문의 피가 흐르고, 비전을 이어받았으니까."

리젠느가 인상을 찡그렸다. 주군을 위해 무엇이든 할 것 같았던 사람이 눈앞의 이윤에 배신했다는 사실도 충격인데, 이제 와서 발렌시아를 향해 맹목적인 충성을 보이는 것도 썩 보기 좋지 않은 까닭이다. 처음부터 주종 관계가 확실했다면 모를까, 갑자기 어느 날 만난 자에게 이런 반응이니 그녀도 당황스러울 법하다.

"좋아요. 아버지가 그렇게 생각하시면 전 말리지 않겠어요. 하지만 처형을 하겠다는 황자 전하를 데리고 왔어요. 아버지도 그 소식은 들었을 테죠?"

당연한 소리를. 이미 가벨이 아루스를 처형하겠다는 소식은 진즉에 들은 바이다. 리젠느가 무슨 의도로 이런 말을 한 것인지 대충 짐작한 엔더크 남작이 그녀를 바라보았다.

"하고 싶은 말이 무어냐."

"그들을 두면 이 영지가 어떻게 될 것 같아요?"

역시나. 그 말에 남작은 자신의 딸이 아루스가 이 영지에 있는 것을 탐탁지 않아 하는 것을 알 수 있었다. 누구나 같은 생각일 것이다. 평화롭게 지내고 있는데, 어느 날 대역죄인이 찾아와 숨겨 주게 된 것도 모자라, 같은 편이 되어 싸워야 한다면 싫지 않을까.

엔더크 남작도 발렌이 이곳에 아루스를 데리고 온 것을 알았을 때 무척 당혹해했던 것은 사실이다. 하나 이미 발렌을 주군으로 모시고, 충성을 다하겠다고 맹세한 엔더크 남작이다. 그는 이 결정으로 자신에게 어떤 일이 닥치게 될지라도, 발렌에게 충성을 보이겠다는 각오를 다진 바였다.

"우리가 반역자를 돕고 있다며 병사들이 몰려와 영지를 불바다로 만들겠지."

"이 영지를 그렇게 만들 거예요? 이 영지가 불바다가 되기를 원하세요?"

엔더크 남작은 비록 불명예스러운 일을 저질러 영주가 되었다고 하지만 이 영지에 대한 애착이 강했다. 고작 자그마한 마을 두 개가 전부인 좁은 영지에서 영지민을 위해 힘쓴 것이 엔더크 남작이다. 영지민들도 그런 엔더크 남작을 진심으로 존경하고 있고 말이다.

'제아무리 아버지라도 영지가 그런 꼴이 되는 걸 두고 볼 수 없겠지.'

리젠느는 영지로 하여금 그를 설득시킬 생각인 것이다. 하나 리젠느는 한 가지 간과한 것이 있었다. 엔더크 남작은 한 번 결정한 일을 절대 굽히지 않는다는 것을.

"발렌시아 님께서 결정하신 일이다. 발렌시아 님이 이곳에 찾아온 연유가 무엇이겠느냐? 아루스 황자 전하를 돕겠다는 의중이고, 우리의 도움이 필요하다는 것이지 않더냐."

리젠느는 충격적인 얼굴로 그를 바라보았다.

"그래서 아버지께서는 그들을 돕겠다고요? 과거에는 몰라도 지금은 아버지가 이곳의 영주예요. 이 영지가 사라지는 것을 보고 싶으세요?"

"그것이 운명이라면."

"……."

리젠느는 발렌을 위해서라면 목숨은 물론 영지까지 버릴 생각을 하고 있는 아버지를 보며 할 말을 잃었다. 엔더크 남작은 자신의 운명을 완전히 발렌에게 맡길 생각인 것이다.

"슬슬 식사 때가 되었구나. 앞으로 그 얘기는 내 앞에서 꺼내지 말거라. 난 이미 마음을 굳혔으니까."

그녀는 입술을 꽉 깨물며 주먹을 움켜쥐더니 몸을 휙 돌려 밖으로 나갔다. 엔더크 남작은 그런 리젠느를 붙잡거나 하지 않았다. 그녀의 마음은 잘 알고 있는 까닭이다. 애기로만 들은 사람이 갑자기 찾아와 영지의 운명을 좌지우지할 수 있다고 생각하고 있으니 그녀로서도 이런 일이 반갑지 않을 것이다. 그녀도 생각할 시간이 필요하다 판단했다.

*　　*　　*

아침이 되자 발렌의 눈이 떠졌다. 그가 머물고 있는 방문을 누군가가 노크했기 때문이다.

"발렌시아 님. 기침하셨습니까?"

도서관에서 빌린 책을 늦은 새벽까지 보느라 얼마 잠을 자지 못한 발렌이 졸린 눈을 비비며 주위를 둘러본다. 아직 어두워 보였다. 일어날 시간은 아닌 것 같다고 생각하는데 밖의 날씨가 매우 흐려서 어둡다는 걸 깨달았다. 그는 자리에서 일어났다. 하늘을 향해 뻗친 머리를 정리할 틈도 없이, 그가 방문을 열었다. 문 앞에는 이 저택에서 일하는 하녀가 서 있었다.

"무슨 일이시죠?"

"아침 식사 시간입니다. 세면을 하시고 식당으로 와 주시기 바랍니다."

발렌이 고개를 끄덕였다.

“예, 그렇게 할게요.”

하녀가 발렌을 바라본다. 그의 대답에 뭔가 걸리는 것이 있는지 우물쭈물하고 있었다. 발렌이 기다리자, 그녀가 대답했다.

“굳이 제게 존댓말을 할 필요는 없으십니다. 제게 하대하여 주십시오.”

엔더크 남작에게 귀한 손님이니 최고의 예우를 다하라고 들은 하녀. 그러나 발렌은 머리를 긁적였다. 초면에 반말을 할 수 있는 사람은 아마 발렌과 함께 온 엘리즈, 아루스, 이바나만 가능할 것이다.

그들은 태생부터 귀족과 황족이었으니 하대에 익숙할 테니까. 하지만 발렌은 아니다. 그는 얼마 전에 세기어 왕국에서 칭호를 받아 준귀족이 되었다. 사람들에게 고개를 숙이는 일이 더 익숙한 발렌이다. 갑자기 준귀족이 되었다고 해도 당장 하대를 하는 게 익숙할 리 없었다.

“존댓말이 편해요. 어쨌든 금방 씻고 식당으로 갈게요. 어…….”

발렌이 그녀의 이름을 부르려고 하다가 문득 하녀들의 이름을 모른다는 걸 깨달았다. 엔더크 남작도 그녀들의 이름을 부른 적이 없어서 기억을 되짚어도 이름을 추정할 수도 없었다. 그가 무엇에 대해 고민하는지 눈치챈 하녀가 대답했다.

“제니라고 합니다.”

“예, 제니 씨.”

제니가 정중히 고개를 숙이고 다른 곳으로 사라졌다. 제니가 사라지고 발렌은 잠시 잠에 취해 멍하니 있다가 문득 의문이 들었다.

“그러고 보니 씻는 곳은 어디지?”

아침부터 난관에 봉착했다.

＊　　　＊　　　＊

세면을 하고 잠이 깬 발렌이 식당으로 내려왔다. 발렌이 가장 나중에 도착한 듯 모두가 모여 있었다.

“오셨습니까, 발렌시아 님.”

“제가 늦은 모양이네요.”

“아닙니다. 방금 전 다 모였습니다.”

다 모였다고 하는데, 리젠느가 보이지 않았다. 두리번거리는 발렌을 보며 엔더크 남작이 빙그레 웃었다.

“제 딸은 지금 다른 업무를 보고 있어 따로 식사를 하고 있습니다. 그 점 양해해 주십시오.”

“영지의 일과 기사의 수련을 동시에 하고 있다고 들었어요. 상당히 바쁘겠죠.”

“그리고 발렌시아 님. 제게 하대를 하셔도 됩니다.”

발렌은 고개를 저었다. 연회 때 자신을 찾아왔을 때는 엔더크 남작, 벨루나 남작, 마덴 남작이 찾아왔을 때는 내키지 않아 반말을 했었다. 그때는 결투로 인해 감정이 격앙되어 있기도 했고, 그들이 자신을 찾아와 정체가 무엇인지 물었기에 대답이 좋게 나올 수 없던 것이다.

그러나 지금은 상황이 조금 다르다. 아직 그들을 용서하지 않았다지만 그때의 일 이후로 분노가 조금 사라진 것도 사실이다.

“아닙니다. 이게 편합니다.”

“음…… 그렇다면 익숙해질 때 편하게 대해 주십시오.”

발렌이 고개를 주억였다. 엔더크 남작이 고맙다는 듯 고개를 주억였다. 발렌이 자신의 자리에 앉았다.

“발렌, 잘 잤어?”

“응. 리즈도 잘 잤어? 이바나 씨와 황자 전하도 잘 주무셨나요?”

아침 인사를 나누는 발렌과 리즈. 이바나는 아직 잠이 덜 깬 눈으로 그에게 손을 흔들 뿐이다. 새벽까지 도서관에 남은 발렌과 엘리즈. 이바나도 그들 옆에 있느라 잠을 적게 자 피곤한 기색이 역력했다.

발렌과 엘리즈의 경우 이바나보다 한 단계 높은 위저드급 마법사라 일찍 깼지만, 그녀는 아직도 잠에 취한 것 같았다.

'그것보다 잠에 약한 체질인 것도 같지만.'

세기어 왕국에서 수행인으로 있으면서 느낀 건데 이바나는 아침잠에 약했다. 흥미가 있는 일이 있다면 누구보다 빨리 일어나지만, 일이 없다면 늦잠을 자는 일도 부지기수였다.

하녀들이 식사를 내왔다. 어제와 달리 호화롭지는 않지만, 맛있는 음식들이 올려졌다. 식사를 마치고 모두 식당 밖으로 나왔다. 엔더크 남작은 업무를 보기 위해 집무실로 향하고, 아루스는 수련을 위해 연무장으로 향했다.

"발렌, 이제 뭐 할 거야?"

셋만 남게 되자 이바나가 그에게 물어 왔다. 발렌은 곰곰이 생각했다. 딱히 할 일이 없었다.

"방에서 수련을 할까 생각 중이야."

발렌도 수련하는 것에 게을리 하지 않았다. 할 일이 없으니 수련이라도 할까 생각 중이었다. 엘리즈와 이바나도 같은 생각인 듯했다.

"그래? 그럼 저녁 식사 끝내고 또 도서관에 갈까?"

"좋지."

어제 이 영지의 사서에게 들은 바, 도서관은 24시간 열려 있다고 했다. 주간과 야간에 일하는 사서가 따로 있기 때문이다. 덕분에 언제 그들이 찾아가도 문제가 없었다.

"어휴, 이 책벌레들. 난 방에 있을게."

"이바나 씨는 도서관에 안 가시게요?"

"너희들처럼 책을 막 좋아하는 게 아니니까. 연금술에 관한 책도 없고. 난 아직 연구 중인 마도구 이론이나 새로 정립할래."

발렌과 엘리즈가 고개를 주억였다.

"발렌, 나중에 봐. 수련 열심히 하고."

"그래. 리즈도 수련 열심히 해."

각자 방으로 흩어지는 그들. 발렌이 방으로 향하는데, 인기척이 느껴졌다. 발렌이 걸음을 멈추고 인기척이 느껴진 곳으로 시선을 향했다. 복도 모퉁이에서 누군가가 그의 앞에 나타났다.

"알슈타이트 경."

리젠느였다. 그녀는 벽에 등을 기대고 서 있었다. 발렌의 시선이 그녀에게로 향했다. 그녀가 발렌의 앞으로 한 걸음 다가왔다. 따로 할 업무가 있어 일하고 있다던 그녀가 마치 자신을 기다리고 있던 것처럼 보여 좀 의아했다. 발렌이 대답하며 물었다.

“예, 리젠느 씨. 무슨 일이시죠?”

“잠시 시간이 되시는지요?”

역시 그를 기다리고 있던 모양이었다. 그녀는 날카로운 눈매로 그를 바라보고 있었다. 어제도 날카로운 눈매를 가지고 있다고 생각하기는 했지만, 오늘처럼 날카롭게 느껴지지 않았다. 뭔가 할 말이 있는 것 같아 보였다.

“예, 무슨 일이시죠?”

“따로 드릴 말씀이 있습니다. 잠깐 시간을 마련해 주십시오.”

그녀의 표정은 진지했다. 자신에게 진지하게 할 말이 있는 것 같다고 생각하며 고개를 주억였다.

“예, 그렇게 하죠.”

발렌이 알겠다고 대답하자 그녀가 따라오라는 듯 먼저 앞장섰다. 어디로 향하는 건지 모른 채, 발렌이 그녀의 뒤를 따랐다.

*　　*　　*

그녀가 앞장서서 안내한 곳은 저택 밖의 마을이었다. 한적하고 조용한 마을. 몇몇 활과 검을 맨 젊은이들이 사냥을 위해 숲으로 향하는 것을 볼 수 있었다. 몇몇은 며칠 전에 내린 눈을 치우기도 하고, 마을의 아이들은 전쟁놀이를 하거나, 눈싸움을 하고 있었다. 가끔 리젠느와 눈을 마주친 어린아이들과 마을 사람들은 그녀에게 인사를 했다.

'참 정겹게 느껴지는 마을이네.'

발렌이 어제 마을에 도착했을 때의 첫인상도 그랬다. 아올란 마을과 비교하면 가구의 수도 적고, 길도 잘 닦여 있지 않지만, 마을 사람들의 순박한 모습은 고향에 온 것 같은 기분이 들게 만들었다.

마을의 중앙에는 사람들이 모이는 광장이 있었다. 마을의 규모도 작고, 우물도 딱 하나밖에 없어 자연스럽게 우물이 있는 곳이 광장이 된 것이다. 볼 만한 건 그게 전부였다. 가게라고는 식료품점과 과일 가게, 옷 가게, 무구점이 전부였다.

"참으로 평화롭지요? 아쉽게도 지금은 밀이 나지 않아 보여드리지 못하지만, 가을이 되면 저기 보이는 들판이 모두 황금빛으로 물들게 되지요. 아버지와 저는 가을만 되면 항상 이 자리에서 황금빛 물결을 구경하고는 합니다."

리젠느가 손가락으로 가리킨 곳을 바라보는 발렌. 땅이 비옥하니 밀도 잘 자랄 것 같고, 재배하는 규모를 보니 얼마나 아름다운 광경이 펼쳐질지 짐작할 수 있었다.

밀밭 뒤에는 울창한 숲이 펼쳐져 있었다.

"저긴 마녀의 숲이라고 불립니다."

"마녀의…… 숲이요? 그럼 저 숲은 위험하지 않아요?"

마녀라고 하면 당연히 좋지 않은 인상이 있다. 어린아이를 납치해 실험에 쓰고, 마을에 저주를 내려 불행하게 만든다는 얘기를 어렸을 적부터 들었기 때문이다. 하지만 리젠느는 발렌의 반응을 보고 호호 웃었다.

"마녀의 숲이라 불린 게 구체적으로 언제부터인지는 잘 모릅니다. 아주 먼 옛날 저 숲에 마녀가 살아서 그렇게 불렸다는 이야기도 있고, 깊이 들어가면 마치 마녀가 함정에 빠뜨린 것처럼 길을 잃게 되어 마녀의 숲이라 불리기 시작했다는 이야기도 있으니까요."

지금 저 숲에 마녀가 실제로 산다는 것은 아니라는 소리였다.

"숲에 깊이 들어가지만 않는다면 괜찮습니다. 길을 잃는 것도 곤란하지만, 아주 사나우면서 지능이 있는 몬스터가 어딘가에 부락을 이루고 사는 숲이기도 하니까요."

몬스터가 있다는 말에 발렌은 이 영지도 위험한 곳이 있다는 걸 깨달을 수 있었다.

"한데 몬스터가 사는 숲 근처에 마을이 있는 것치고는 평화롭네요?"

"그건 영지에서 주기적으로 몬스터들을 사냥하고 있기

때문이죠. 번식이 빠른 몬스터들이기 때문에 5년에 한 번 사냥을 나섭니다. 드물긴 하지만 마을을 습격하기도 해서, 마을 사람들 모두 자신의 생명과 재산을 지키기 위해 활쏘기와 검술을 연습하고 있지요. 영지의 병사들만 아니라 영지민 모두 몬스터들과 싸운 경험이 있는 자들입니다."

약간의 지능이 있는 몬스터로 하여금 실전을 겪었다는 것에 발렌이 놀랍다는 듯 그녀를 바라보았다. 남바른 영지에서는 50년에 한 번 몬스터 준동이 있다. 50년이면 세대교체가 이루어지는 세월이다. 당연히 몬스터와 싸운 경험이 없는 신출내기들이 대부분이다. 하나 이곳은 5년에 한 번씩 몬스터를 상대로 주기적으로 싸우기 때문에 세대가 교체되어도 걱정이 없었다.

"모두 강한 병사들이겠군요."

"감히 말씀드리지만 엔더크 남작령의 병사들은 한 명 한 명 오러나 무투기를 사용하지 못할 뿐이지, 기사들과 맞서도 결코 뒤지지 않을 전문가라고 황자 전하 앞에서도 말씀드릴 수 있습니다."

리젠느는 정말 그렇게 믿고 있다는 듯 표정에서 거짓을 찾아볼 수 없었다. 제아무리 무투기와 오러를 사용하는 기사라고 하더라도 실전을 겪지 않으면 신출내기일 뿐이다. 대련이나 결투와 달리 전장은 예측불허의 상황이 많으니 실전 경험이 매우 중요하다.

하나 오러와 무투기를 사용하지 못한다 하더라도 실전을 많이 겪은 이들은 기사들보다 강하고 전장 속에서도 여유를 즐긴다. 그것이 바로 경험의 힘이다. 무수히 많은 경험을 한 발렌은 그것을 가장 잘 알고 있었다.

휘이잉~

바람이 그들 사이로 불어왔다. 뒤로 묶은 리젠느의 머리카락이 바람에 살랑살랑 흔들렸다. 서로 입을 닫은 채 마주 보고 있다가 바람이 멎을 때, 발렌이 물었다.

"절 단지 마을을 안내해 주려고 데리고 온 것 같지 않은데. 따로 부른 이유가 뭐죠?"

발렌은 이제 마을 구경도 다 했고, 그녀가 뭘 말하고 싶은 건지 듣기 위해 본론을 꺼냈다. 리젠느도 이제 슬슬 말할 때가 되었다고 생각한 터라 고개를 주억이며 단도직입적으로 말했다.

"알슈타이트 경께서 이곳에 아루스 황자 전하를 모신 이유를 듣고 싶습니다."

"리즈가 제게 도와 달라고 했으니까요."

"리즈? 황녀님 말씀이십니까?"

발렌이 고개를 끄덕였다.

"알슈타이트 경께서 황녀님과 매우 친분이 깊다고 소문

으로 들었습니다. 하지만 애칭까지 부를 줄 몰랐군요."

그러고 보니 어제저녁 식사 때 함께 자리에 있으면서 발렌과 엘리즈는 대화를 나누지 않았다. 마이셀 가문에 대해 말한다고 발렌과 엔더크 남작만 거의 말하다시피 했기 때문이다.

"어쨌든 중요한 건 그게 아닙니다. 솔직히 말해 저는 알슈타이트 경께서 이곳에 오신 것이 매우 불편합니다."

리젠느는 자신의 감정을 숨김없이, 솔직히 말했다. 발렌은 그녀를 충분히 이해했다. 갑자기 낯선 이가 찾아왔는데 하필 사형을 선고받고 도망쳐 수배가 떨어진 황자를 데리고 왔으니까.

"알슈타이트 경께서 이곳에 온 이유를 여러 가지 생각했습니다. 결국 하나로 귀결되더군요. 아루스 황자 전하의 편에 서서 현 황제와 맞서 싸우려는 의도가 아닙니까?"

발렌은 그녀의 말에 고개를 끄덕였다. 아무리 멍청한 사람이라도 조금만 생각하면 그가 이곳에 온 이유가 무엇인지 금방 파악할 것이다.

"예, 맞아요. 아루스 황자 전하께서는 이곳을 기점으로 힘을 키울 거예요. 가장 신뢰할 수 있고, 믿을 수 있는 세력이 누군지 찾다가 제가 이곳을 추천하게 된 거죠."

발렌의 말에 리젠느가 인상을 찌푸렸다. 그 말은 발렌이 아니었다면 이 영지가 위험한 길을 가지 않아도 되었다는 소리가 아니던가. 그녀의 따끔한 시선이 발렌의 피부를 콕콕 찔렀다. 하지만 그는 그녀의 시선을 피하거나 하지 않았다.

"혹시 엔더크 남작도 같은 생각인가요?"

"아뇨, 아버지께서는 알슈타이트 경의 의견에 무조건 동참하겠다고 하고 계십니다."

그리고 발렌이 이곳에 온 것은 엔더크 남작이 거짓이 아니라면 자신의 뜻에 조력할 것이란 걸 잘 알고 있었기 때문이다. 그 누구보다 엔더크의 성격을 잘 아는 리젠느다. 한번 세운 뜻을 굽힐 아버지가 아니다.

"아버지께서는 이미 당신을 주군으로 모신 이상 거역하지 않겠지요. 특히 과거의 죄를 조금이라도 속죄하기 위해서 당신의 말에 전적으로 따를 겁니다. 아버지께서는 이 영지가 지도상에서 사라진다고 하더라도 알슈타이트 경의 의견에 따른다고 했습니다. 하지만 전 아버지랑 다릅니다. 전 알슈타이트 경이 이곳에 온 것이 매우 꺼림칙합니다."

그녀가 손가락으로 마을 쪽을 가리켰다.

"방금 전에 본 아무 죄 없는 영지민들까지 위험에 빠뜨릴 생각입니까?"

그 말을 듣고 발렌은 그녀가 마을을 구경시켜 준 의도를

눈치챌 수 있었다. 조금이라도 자신을 설득하기 위해서이
다. 발렌이 인상을 찌푸렸다. 그녀의 말도 사실이다. 일이
잘못되면 여기에 있는 죄 없는 영지민들에게 해가 될 것이
분명했기 때문이다.

반역을 꿈꿨던 영지들이 어떤 꼴이 되었는지 역사책에
고스란히 적혀 있다. 역사에 대해 자세히 알고 있는 발렌이
이 일에 실패하면 어찌 될지 몰랐을까. 잘 알고 있다. 누구
보다 잘 알고 있다. 하지만 그는 믿는 바가 있었다.

"그렇게 두지 않을 거예요. 아니, 그런 결과는 나지 않을
거예요."

발렌은 자신을 믿었다. 아니, 정확히는 보나바르의 저주
를 믿고 있는 것이다. 최악의 결과를 최선의 결과로 만든
다. 발렌은 수많은 실패와 좌절을 겪었고, 그것을 이겨내
여기까지 도달할 수 있었다. 보나바르의 저주는, 실패하더
라도 다시 재기하게 해 주는 힘이다. 그렇기에 자신을 가질
수 있었다.

"훗!"

리젠느는 그런 발렌의 대답에 콧방귀를 뀌었다. 명백한
비웃음이다. 감정과 표정을 숨기지 않았다. 그녀는 한동안
기가 찬 얼굴을 하다 갑자기 발렌의 멱살을 붙잡았다. 여성
임에도 오랫동안 검을 잡은 그녀의 힘은 어지간한 사내들

보다 강인했다.

"평민 신분으로 타국에서 공을 세웠다고 무엇이든 할 수 있을 것 같아? 너는 스스로를 너무 과대평가하고 있어. 알슈타이트…… 아니, 발렌시아. 너는 위저드급 마법사라고 했지? 아크 메이지도, 아크 위저드도 아닌 위저드급 마법사 말이야."

그녀에게서 뿜어져 나오는 살기. 발렌은 그 살기를 고스란히 받아들이며 그녀의 분노를 들었다.

"그 많은 공을 세웠다고 해서 나라의 판도마저 뒤집어엎을 수 있을 거라고 생각해?"

"나라면 할 수 있으니까."

발렌은 절대 꿀리지 않는다는 듯, 자신감 넘치는 얼굴로 그녀를 바라보았다. 리젠느는 그의 말을 듣고 기가 찬 얼굴이었다. 사람이 자만해도 분수가 있지. 그는 정말 자신이 이기리라 믿고 있었다.

"스스로에 대한 자부심이 굉장하네."

리젠느는 아예 그를 설득하기를 포기했다. 설득할 필요가 없다. 그에게는 통하지 않는다. 자신이 대단한 자라고 착각 속에 빠진 이들은 다 그렇다. 스스로 뭐든지 할 수 있다 믿고, 확신을 가진 자는 절대 뜻을 굽히지 않는다. 발렌에 대해 아무것도 모르는 리젠느는 그를 그런 부류라고 생각했다.

"도움을 구하고 싶거든 다른 사람을 알아보는 게 좋을 거야. 일주일 안으로 이 영지에서 사라져. 그러지 않으면 나도 무슨 일을 벌일지 모르니까."

마음 같아서는 지금 당장 눈앞에서 사라지라고 하고 싶은 심정이다. 일주일이란 기간을 준 것은 그래도 아버지인 엔더크 남작의 입장을 생각해서다.

발렌에게 경고가 아닌 통보를 한 리젠느가 그의 멱살을 놓고 몸을 획 돌리며 저택으로 발걸음을 옮겼다. 발렌은 그런 그녀의 뒷모습을 바라보며 입을 꾹 닫았다. 그녀의 입장에서 봤을 때 방금 보인 반응은 지극히도 정상적이다.

"곤란하게 됐네."

리젠느가 면전에 대놓고 말했으니 앞으로 할 일에 지장이 생길 것 같다고 생각했다.

Chapter 03

카벤 마을

<카벤 마을>

소속: 엔더크 남작령

인구수: 약 500명

　동부 변방 영지 엔더크 남작령 소속의 작은 마을. 협곡을 경계로 하고 있으며 밀을 주로 재배한다. 벨루나 남작가로 통하는 길목에는 마녀의 숲이라 불리는 거대한 산림이 우거져 있다.

　—저서『바올라 제국의 영지』中 발췌—

＊　　＊　　＊

세인브리트 마탑. 이바나의 행적을 찾기 위해 조사단을 보낸 탑주는 보고서를 받고 상당히 충격을 먹은 상태였다.

"하필이면 내 예상대로 되다니."

이바나의 행적을 알아보기 위해 손을 썼는데, 그 결과가 지금 그의 눈앞에 놓여 있었다. 이바나는 현재 발렌이 구입한 마차를 타고 동쪽으로 향했다는 것이다. 그리고 짐을 놓는 곳에는 각종 물품을 놓아 상인 행색까지 하는 중이란다. 발렌이 전 재산을 털어 마차와 짐들을 샀다는 것이 확인되었다. 그것만 있었다면 크게 놀랄 건 아니었을 것이다. 더 놀란 건 따로 있었다.

"아루스 황자와 엘리즈까지 함께 있는 거구나."

지나가던 행상인들이 짐차에 타고 있던 금발 머리의 남성과 여성이 내리는 것을 봤다는 것이다. 너무 조심스럽고 행색이 수상해서 기억하고 있던 것이다.

발렌과 이바나가 사랑의 도피를 했을 거라고 의심한 적은 있었다. 서로 그런 분위기가 아닌 것 같지만 보이지 않는 곳에서 애정 행각을 벌일지 누가 알겠는가. 게다가 이바나는 최근 들어 발렌이 있는 도서관에 자주 찾아가고는 했다. 충분히 의심할 만한 일이었다.

몇 달이지만 발렌과 이바나가 서로 알고 지내며 정이 들기에는 충분한 시간이다. 하지만 아루스가 탈출하고, 엘리즈까지 사라진 것이 마음에 계속 걸려 불안해했다. 혹시 발렌이 엘리즈를 위해 아루스의 탈출을 돕고, 이바나도 따라간 게 아닐까 하고. 그 불안이 지금 그의 앞에 놓인 보고서에 사실로 드러난 순간이었다.

"정말로 난감하게 됐어. 차라리 사랑의 도피였다면 좋았을 것을."

사랑의 도피라면 찾아낸 뒤 둘 다 끌고 와서 추궁하면 될 일이다. 그러나 아루스를 데리고 간 것은 탈출을 돕기 위한 일이다. 만일 이것이 현재 황제가 된 가벨의 귀에 들어간다면 함께 있는 이바나도 위험할 수밖에 없었다.

'이바나를 찾는 것 때문에 황제가 아루스 황자의 추적을 위해 지원을 요청한 것도 거절했는데, 이걸 어쩐다.'

탑주도 난감한 것은 사실이었다. 가벨이 계략을 꾸며 아루스에게 누명을 씌운 것이라는 심증은 있다. 많은 귀족들도 탑주처럼 생각하고 있지만 지금 당장 크게 말할 수 있는 자는 없었다. 가벨과 그의 편에 섰던 귀족들이 벌써부터 이 나라를 자신들의 세상으로 만들기 위해 일을 진행해 가고 있기 때문이다.

피의 숙청은 이루어지지 않았지만, 실제로 몇몇 귀족들이 갑자기 뒷전으로 물러나게 된 것도 사실이다.

황실이 돌아가는 현 상황이 탐탁지 않은 건 사실이지만 세인브리트 마탑은 황제의 정당한 명령에 따라야 할 의무가 있었다. 제아무리 왕이라도 함부로 간섭하지 못하는 다른 마탑과 달리, 세인브리트 마탑은 국가 위기 사태 때 마법사들이 마법 병단에 자동으로 배속되니 말이다.

'이 사실이 황제의 귀로 들어가다가는 큰 사달이 나겠지.'

엘로이 가문에 불명예스러운 기록이 남게 될지 모르는 문제이기도 하지만, 이바나도 문제다. 이바나를 구하기 정말 어려워질 수 있었다. 탑주는 결단을 내려야했다. 이대로 모르는 척하는 것이다. 하지만 자신이 모르는 척한다고 될까?

'가벨이 보낸 추적자들을 찾아내 정보를 교란할 필요가 있겠어.'

화악!

그의 손길에서 불길이 일었다. 그가 들고 있던 보고서가 완전히 불에 타 버렸다.

*　　*　　*

그 일이 있은 뒤로 6일이 지났다. 엔더크 남작이 머무는 저택 근처의 마을에 아침부터 볼일을 보러 온 발렌과 하녀들. 긴 생머리의 여성은 아침 식사 시간이 될 때마다 발렌을 찾아오는 제니였고, 다른 한 명은 단발머리의 하녀인 앤이었다.

그는 하녀들의 심부름을 돕기 위해 자진해서 그녀들과 함께 밖으로 나왔다. 갑자기 발렌 일행이 찾아와 인원이 늘다 보니 주방에 있던 식재료가 거의 떨어진 탓이다. 두 사람이 들고 오기에는 양이 너무 많았다.

아루스와 엘리즈는 남들의 눈에 띄지 않아야 돼서 밖으로 외출조차 나올 수 없었고, 이바나는 새로운 마도구 제작을 위한 이론을 연구하느라 방에 틀어박혀 나오질 않았다. 하녀 둘을 도울 사람은 발렌 밖에 없었다.

엔더크 남작은 근무가 없는 병사를 불러 보내겠다고 했지만, 발렌은 자기가 가겠다고 굳이 나섰다. 괜히 이곳 사람들에게 더 피해를 주기 싫기도 했지만, 할 일이 마땅히 없었기 때문이다.

하루 종일 가만히 가부좌를 틀고 수련만 할 수 없던 찰나에 이것을 기회로 나온 것이다. 엔더크 남작도 발렌의 고집에 어쩔 수 없이 그의 의견을 들어줬다. 그 때문에 저택에 하나 있는 수레를 끌고 나온 발렌은 다시금 마을에 나온 것이다.

식료품점에서 식재료를 구입한 제니와 앤이 마차에 식재료들을 실었다. 상당히 많은 양의 식재료들. 수레를 끌고

오지 않았다면 들고 오는 데 엄청 고생했을 거라는 생각이
들었다.

"양이 꽤 많네요."

"2주일 치 식재료입니다."

2주일 치 식재료를 한꺼번에 사다니. 겨울이라서 가능한
얘기다. 여름이었다면 그만큼 오랫동안 보관하지 못할 테
니까.

식재료를 모두 싣자 발렌이 손잡이를 잡고 수레를 끌었
다. 꽤 무거웠다. 길이 울퉁불퉁한 곳이 많기는 하지만 언
덕진 곳이 없는 게 다행이다. 저택까지 무난하게 갈 수 있
겠다고 생각하고 있을 때였다.

퍽!

갑자기 어디선가 눈덩이가 날아와 발렌의 머리를 맞췄다.

"맞았다! 야호!"

어디선가 환호하는 소리가 들린다.

발렌이 자리에 멈춰 서 환호 소리가 들린 곳을 바라보니
그곳에는 어린애들이 웃고 떠들고 있었다. 몇몇 아이들은
조용히 하라는 듯 손가락으로 입을 가렸지만 이미 발렌과
눈을 마주쳤다.

"달아나!"

"와아아!"

어린아이들이 소리를 지르며 후다닥 도망친다. 발렌은 그 모습을 바라보며 피식 웃었다. 어린애들이 장난치는 건 어디나 다 똑같다고 생각하며 머리에 묻은 눈을 탈탈 털었다.

"죄송합니다. 발렌시아 님."

제니가 다가와 그에게 고개를 숙였다. 그 모습에 눈을 털고 있던 발렌이 고개를 갸우뚱거렸다.

"뭐가요?"

"저 아이들이 무례를 저질렀습니다. 철이 덜 들어 한 행동이니 부디 저 아이들을 용서해 주십시오. 그래도 속이 풀리지 않으신다면 저 아이들이 두 번 다시 무례를 저지르지 않도록 제가 단단히 혼내겠습니다."

발렌은 제니가 자신에게 왜 이러는지 대충 짐작할 수 있었다. 엔더크 남작의 귀한 손님이니 만큼 당연한 반응인 것이다. 게다가 발렌은 성씨까지 있다. 준귀족 정도지만 그래도 일반적인 평민과 다른 것이다. 신분의 차이가 그런 것이다. 제니는 그 점 때문에 아이들을 해코지할까 봐 자신이 용서를 구한 것이다.

"어린아이들이 그럴 수도 있죠. 저도 어렸을 때 지나가는 어른들한테 몰래 눈 던지고 달아난 적이 있는걸요. 신경 쓰지 않으니까 너무 걱정 마세요."

"감사합니다."

제니와 앤이 다시 한 번 고개를 숙였다. 발렌은 그 모습을 보고 머리를 긁적였다. 이런 대우를 받는 게 영 익숙지 않았다. 세인브리트 마탑 도서관에서 일할 때는 성씨를 하사받았어도 대우가 달라지지 않았는데, 이쪽에서는 대우가 완전히 달라 기분이 이상했다. 영주의 귀한 손님과 일하는 직원이라는 차이는 너무나 명백했다.

수레를 저택 앞에 내려놓은 발렌이 짐을 나르기 전 마침 생각났다는 듯 그녀들에게 말했다.

"참, 가끔 손이 필요할 때 어려워 말고 제게 말하세요. 그리고 제가 도서관에 가 있을 때 제 방이 청소되어 있던데 제 방은 가만히 놔두세요. 제 방은 제가 청소할 테니까요. 안 그래도 해야 할 일도 많으시잖아요."

하녀들의 특성상 얼마나 힘든지 대충 이해할 수 있다. 대저택까지는 아니더라도 두 명이 저택 전부를 매일 청소하고, 빨래하고, 심지어 요리와 설거지까지 해야 했다. 여기에 손님이 네 명이나 왔으니 그 일은 두 배 이상 늘어났다. 그녀들에게도 꽤 부담이 될 것이다. 하지만 제니는 고개를 저었다.

"그럴 수는 없습니다. 별것 아닌 일입니다."

"별것 아닌 일이니까 제가 하는 거죠. 걱정하지 마세요. 엔더크 남작에게는 제가 잘 말해 둘 테니까요."

“…….”

제니와 앤이 서로를 바라보더니 정중히 고개를 숙였다. 그녀들의 얼굴에는 의아함이 번져 있었다. 그가 불과 몇 달 전까지 평민이었다는 사실을 까맣게 모르고 있는 그녀들은 발렌이 참 희한한 귀족이구나 싶을 것이다.

＊　　　＊　　　＊

지하 도서관에 있던 발렌과 엘리즈와 이바나. 그들은 오늘도 찾아온 대장장이들이 모두 돌아갔다는 것을 전해 듣고 바로 아루스를 찾았다. 아루스는 엔더크 남작과 접견실에 함께 있었다. 그는 여전히 쇠고랑을 찬 그대로였다.

“오라버니. 오늘도 풀 수 있는 사람이 없던가요?”

아루스가 고개를 주억였다.

“그래, 다들 풀 수 없다고 하더군. 마법에 대해 모르니 건드리지 못하겠다는 모양이야.”

발렌, 엘리즈, 이바나도 내부에 있는 마법을 풀기 어려운데, 마법을 직접 본 적이 드물었을 대장장이들이 풀 수 있을까. 지금까지 대장장이들이 얼마나 찾아왔는지 모를 일이다. 벌써 스무 명이 넘은 것 같았다. 마도구의 경우 장치들에 마법을 새기기 때문에 분해하면 마법을 무력화 시킬 수 있다. 하지만 아루스가 차고 있는 쇠고랑처럼 폭발을 일으킨다면 전문성이 따를 수밖에 없었다.

이곳의 대장장이들에게 힘든 일이었던 것 같았다. 아루스도 대충 짐작은 했지만, 그래도 약간의 기대가 있던 모양인지 실망스러운 얼굴이었다. 자신의 힘과 능력을 봉인하고 일상생활을 하기에도 불편해 쇠고랑을 얼른 풀고 싶어 하는 것 같았다.

"벨루나 남작과 마덴 남작에게도 서신을 보냈습니다. 이틀 안으로 대장장이들을 데리고 오겠다고 합니다."

"힘써 줘서 고맙네."

엔더크 남작은 지그시 웃어줄 뿐이다. 그러자 곧 그들의 귀에 무슨 소리가 들려왔다. 밖이 소란스러웠다. 저택의 정문에서 들려오는 소리였다. 하녀가 접객실 문을 열고 안으로 들어왔다.

"가주님. 나와 보셔야 할 것 같습니다."

"밖이 소란스러운데 무슨 일이지?"

혹시 발렌의 행적을 쫓는 현상금 사냥꾼인가 싶어 걱정하는 엔더크 남작. 그러나 하녀의 입에서는 의외의 대답이 돌아왔다.

"웬 드워프가 발렌시아 님을 만나 뵙기를 원하고 있습니다."

“드워프?”

엔더크 남작이 고개를 갸우뚱거렸다. 드워프가 이곳에 찾아오다니? 세기어 왕국에 드워프가 살고 있다는 건 알고 있다. 하나 이곳은 바올라 제국의 변방 영지이다. 이 먼 곳까지 드워프가 찾아왔다는 것에 의아했다.

“드워프라면…….”

엔더크 남작의 시선이 발렌에게로 향했다. 발렌의 눈이 휘둥그레 떠졌다. 그가 아는 드워프라면 단 한 명밖에 없었다. 이바나와 아루스도 마찬가지로 놀란 눈이다. 발렌이 하녀에게 정중히 부탁했다.

“그를 안으로 안내해 주세요.”

하녀가 정중히 인사하며 밖으로 나간다. 곧 하녀가 밖에서 소란을 피웠다는 드워프를 데리고 들어왔다. 역시 발렌이 생각한 대로 드워프는 바로 포드였다.

“포드 아저씨!”

“젊은 친구! 드디어 만나게 되는군. 어휴, 세인브리트에 가니까 어찌나 난리인지. 보통 난리가 아니야. 길목마다 순찰병들이 돌아다니고, 여기까지 오는데도 검문하고. 고생이란 고생은 다 했다니까. 황자 전하의 상황이 정말 좋지 않다는 걸 와서 알았어.”

포드는 그간 얼마나 고생했는지 토로하며 깊은 한숨을

내쉬었다. 그래도 어떻게 발렌을 찾아왔다는 것에 놀랄 따름이다.

"그런데 어떻게 찾으셨어요?"

"황자 전하께서 감옥에서 탈출했으니 잘 보이지 않을 테고, 마침 젊은 친구는 물론 같이 있던 귀족 아가씨도 행방불명되었다고 해서 자네를 찾아보면 되겠다 싶었지."

포드는 껄껄 웃으며 말을 이었다.

"자네처럼 갈색 머리에 갈색 눈동자를 가진 사람은 많은데, 그중 가장 신빙성 있는 사람을 찾아보다가 이곳까지 흘러온 거야. 상인처럼 마차를 끌고 다닌다는 것에 조금 반신반의하기는 했지만."

착각해서 다른 사람이었으면 어찌 되었을는지…… 발렌처럼 갈색 머리와 갈색 눈을 가진 사람은 이 나라에 넘치고 넘쳤는데 말이다.

그런데 생각보다 빨리 찾은 것 같았다. 세인브리트에서 엔더크 남작령까지 도착하는데 발렌과 며칠 차이가 없는 것을 보면 금방 추적해서 이곳까지 왔다는 소리니까.

'포드 아저씨. 현상금 사냥꾼 하면 엄청나게 돈 잘 벌겠다.'

현상금 사냥꾼들도 못 찾는 것을 포드가 금방 찾았다. 직감도 좋으니 굳이 대장장이가 아니라도 현상금 사냥꾼이 있다면 일이 잘 풀렸을 것 같았다. 그러다가 발렌이 문득 생각났다는 듯 물었다.

"참, 포드 아저씨. 포드 아저씨는 야장으로 이름을 날렸었죠?"

"과거형으로 묻는 것이 가슴 아프지만, 그랬었지."

뭘 새삼 그걸 묻느냐는 듯 바라보는 포드. 발렌이 아루스의 팔목에 채워진 쇠고랑을 가리켰다.

"혹시 황자 전하께서 차고 있는 쇠고랑을 풀 수 있나요? 마법 처리가 된 거긴 한데."

"어려우냐, 어렵지 않으냐는 직접 봐야 알지."

아루스가 고개를 주억이며 팔을 내밀었다. 포드가 쇠고랑을 이리저리 살폈다. 내부에 복잡한 장치가 되어 있을 것이라는 걸 바로 알 수 있었다. 다른 대장장이들이 살피면서 외부를 뜯어냈기에 내부의 장치들이 훤히 보였다.

"금방 풀 수 있을 것 같은데?"

포드의 말에 모두가 믿기지 않는다는 듯 바라보았다. 지금까지 대부분 풀 방도가 없다며 거절했고, 있다고 하더라도 도박이나 다름이 없어 하지 못하고 있었다. 그런데 포드는 별로 어렵지 않다며 너무 쉽사리 대답했다.

"마법을 새긴 부분만 건드리지 않고 그 안의 회로를 하나씩 없애서 해체하면 될 일 아닌가? 그게 뭘 그리 어렵다고 그러는 건지. 마법사인 젊은 친구라면 금방 할 수 있는 거 아닌가?”

“…….”

그게 어려워서 지금까지 해체하지 못했다고 하면 믿을까. 포드가 너무 쉽게 대답해서 실력 없는 대장장이를 데리고 온 건가 의심하는 엔더크 남작이었다.

“팔을 쭉 펴서 내밀어 주시지요, 황자 전하. 지금 당장 분해하겠습니다.”

아루스가 반신반의한 얼굴로 팔을 내밀었다. 포드는 가지고 있던 도구들을 꺼내 이리저리 살펴보았다. 쇠고랑의 나사 부분을 천천히 빼내고, 내부를 더욱 꼼꼼히 살펴보며 천천히 작업을 한다. 안에는 복잡한 장치들이 있었다. 어디서부터 손을 대야 할지 감이 잡히지 않을 것처럼 복잡한 장치들. 그러나 포드는 서슴없이 손을 뻗고, 거침없이 장치를 분해했다. 하나둘 장치가 빠져나오고, 마법 배열이 점점 흩어지는 것이 보였다. 발렌이 신기한 듯 그것을 바라보고 있었다.

철컥!

쇠고랑이 풀리는 소리와 함께 한쪽 손이 자유로워졌다. 지금까지 엔더크 남작이 알아본 대장장이들이 결국 풀지 못하고 되돌아갔던 것이 무색해질 정도로 포드는 너무도 쉽게

풀어 버린 것이다. 아루스는 손목을 이리저리 돌리며 가벼워
진 팔을 보고 놀란 눈으로 바라보았다. 한쪽만 풀렸지만 속
박에서 벗어난 기분에 만족스러운 미소를 자아냈다.

"황자 전하. 나머지 하나도 풀겠습니다."

아루스가 고개를 주억이며 그에게 온전히 맡기겠다는 듯
편안한 표정이었다. 아까까지는 언제 터질지 몰라 불안해
했다면, 지금은 그의 실력을 온전히 믿기에 안심하고 있는
것이다. 포드는 나머지 한쪽 쇠고랑을 방금 전보다 빨리
해체했다.

완전히 구속에서 풀려난 아루스의 얼굴에 미소가 떠날
줄 몰랐다. 몸의 자유로움을 만끽하며 미소를 짓던 그가
포드에게 물었다.

"근데 왜 황성으로 가지 않았나? 이곳으로 오면 상당히
위험할 텐데."

"제가 계약한 사람은 아루스 황자 전하가 아닙니까. 크
게 신경 쓰지 마십시오. 빚쟁이들에게 시달린 경력으로 도
망치는 건 자신 있으니까요."

마지막에 농담을 하며 분위기를 띄우는 포드. 아루스가
그에게 손을 뻗었다. 포드가 그의 손을 잡았다.

"고맙네. 하지만 내가 약속한 만큼 돕지는 못할 것이야."

"괜찮습니다. 어차피 계약으로 빚도 다 청산했고, 대장

간을 정리해서 돈도 여유로우니까요."

부담 갖지 말라며 말하는 포드. 야장 포드라고 불린 경력이 있는 만큼, 다시 일어나는 건 어려운 일이 아닐 것이다.

＊　　＊　　＊

포드가 저택에 찾아온 것은 기쁜 일이지만 곤란한 일이 생겨 버렸다. 바로 포드가 머물 방이 없다는 것이다. 아무래도 저택의 규모가 크지 않다 보니 손님방이 부족한 것이다.

"괜찮아, 서리나 눈을 피할 곳이 있으면 되니까. 보아하니 근처에 마구간이 있던데. 거기에 짚단만 깔아 주면 돼. 애초에 날씨가 그렇게 춥지도 않은데, 뭘."

추운 날씨지만, 세기어 왕국에 비하면 확실히 많이 춥지 않은 것도 사실이다. 포드는 세기어 왕국민답게 이 정도는 추위도 아니라는 듯 비교적 가볍게 입고 있었다. 그가 춥지 않다고 하는 건 그 기후에 익숙해져서겠지만, 그렇다고 밖에서 자기에는 얼어 죽기 딱 좋은 날씨임은 확실했다.

"게다가 나한테는 히트 스톤이 있으니까."

포드는 자랑스럽게 히트 스톤을 꺼내 보여 주었다. 마도구 공방에서 본 히트 스톤과 같은 것이었다. 히트 스톤에서 열기가 피어오르고 있었다.

"그래도 발렌시아 님의 손님에게 그럴 수 없지요. 제가 따로 알아보겠습니다."

각자 방에서 지내고 있는 발렌의 일행들. 아루스는 물론 엘리즈와 이바나를 함께 지내게 할 수 없었다. 그녀들이 그렇게 하겠다고 하면 상관은 없지만 그래도 대접을 제대로 못하는 것 같은 기분이기에 엔더크 남작이 내키지 않아 했다. 그런 엔더크 남작을 바라보며 발렌이 말했다.

"뭘 그리 어렵게 생각해요? 제 방에서 지내면 되죠."

"두 명이 있으면 불편할 텐데 그럴 수 없습……."

엔더크 남작이 안 된다는 듯 말했지만, 발렌이 말을 끊었다.

"엔더크 남작. 제 뜻대로 하게 해 주세요. 애초에 저는 대접받는 것에 익숙지 않으니까요."

"그렇지만……."

"그게 엔더크 남작에게도 편하잖아요."

발렌이 그리 말하자 엔더크 남작도 어쩔 수 없다는 듯 고개를 주억였다.

"알겠습니다. 발렌시아 님의 뜻에 따르겠습니다. 창고에 안 쓰는 침대가 하나 있습니다. 방에 있는 책상을 치우면 공간은 충분히 확보될 겁니다."

“그럼 해결된 거네요.”

책상도 많이 이용하지 않고, 이용해도 도서관에서 빌린 책을 보는 정도다. 책은 편하게 침대에 앉거나 누워서 보면 그만이다. 이걸로 포드가 머물 방도 해결되었다.

“젊은 친구랑 같이 지내게 되었군. 그간 있던 이야기를 좀 나눠 보자고.”

포드가 씩 웃어 보이자 발렌도 따라서 웃었다.

“예, 아저씨.”

＊　　　＊　　　＊

포드가 저택에 오고서 다시금 만찬이 차려졌다. 처음 이 저택에 왔을 때처럼 화려하지는 않지만, 그래도 하녀들이 솜씨를 발휘한 듯 맛있는 음식들이 각자 앞에 놓여졌다. 그리고 6일 동안 식당에 오지 않았던 리젠느가 자리에 참석했다.

“미스 엔더크. 오랜만에 자리에 참석하셨군요.”

리젠느가 참석하자 아루스가 먼저 말을 걸었다. 그녀는 아루스의 맞은편에 앉아 있었다. 그녀는 미소를 지었다.

“예, 그간 업무에 바빠 황자 전하와 함께 식사에 참석하지 못한 점, 송구스럽습니다.”

"아닙니다. 그 정도는 충분히 이해해야지요. 수련에 영지 업무까지 하는데, 바쁠 수밖에요."

리젠느는 이해해 주셔서 감사하다고 아루스에게 인사하며 시선을 발렌에게로 향했다. 그녀는 발렌에게 웃어 보이고 있었다. 하지만 그는 그녀가 여전히 자신을 꺼림칙하게 생각하고 있음을 잘 알고 있었다.

"새로운 손님이 왔군요, 알. 슈. 타. 이. 트. 경."

말은 부드럽지만 자신을 부르는 호칭을 또박또박 말하는 것을 보고 상당히 가시가 돋아 있음을 알 수 있었다. 애초에 그녀의 표정에서부터 거짓이라는 것이 확연히 드러난다. 눈매가 날카로웠던 그녀가 오늘은 상당히 유해 보였기 때문이다. 자신의 감정을 숨기려고 하는 것이 아닐까 생각했다.

애써 표정 관리를 하고 있는 것 같으나, 그게 더 어설퍼 보였다. 엔더크 남작이 계속 리젠느를 바라보며 눈치를 주려고 하는 것을 보니 자신의 추측에 신빙성을 더해 주고 있었다. 발렌은 옆에 놓인 물을 마시며 아무렇지 않은 척 대답해 주었다.

"예. 세기어 왕국에 사절로 갔을 때 만난 드워프입니다. 드워프들 사이에서도 야장 포드로 알려져 있지요."

"드워프들 사이에서도 야장이라 불린다면 굉장한 대장장이겠군요."

그것에 대해서는 상당히 호기심이 동한다는 표정이다. 드워프들은 장인들이 많은데, 특히 대장장이 기술을 높게 평가하는 종족이니까. 드워프들에게서도 야장이라 불릴 정도면 엄청난 대장장이라는 뜻이기도 했다.

포드가 껄껄 웃으며 손사래를 쳤다.

"사실이긴 하지만 그거 과거 명성이니까 신경 쓰지 마, 귀족 아가씨."

포드의 말에 리젠느의 눈썹이 씰룩거렸다. 엔더크 남작과 엘리즈도 그를 바라보았다. 평민인 포드가 그녀에게 반말을 하면 안 되는 상황인 것이다. 발렌, 아루스, 이바나는 지금 이게 무슨 상황인지 짐작했다. 포드도 뒤늦게 정신을 차렸다는 듯 자신의 머리를 주먹으로 때렸다.

"어이쿠, 내 정신 보게. 핫핫핫! 미안하구려, 귀족 아가씨. 세기어 왕국은 바올라 제국과 달리 평민과 귀족의 경계가 그리 높지 않아서 말이야. 내가 실수를 했어. 미안해."

"호, 호호. 괘, 괜찮아요. 편하신 대로 하세요."

"그래? 그럼 그렇게 하도록 하지."

예의상 거절도 안 하고 넙죽 편하게 하겠다고 못 박는 포드. 그녀는 불편한 감정을 숨기며 애써 웃을 뿐이었다.

$$* \qquad * \qquad *$$

식사를 마치고 방에 온 발렌과 포드. 식사를 끝내고 방에 돌아오니 책상이 빠져 있고, 침대가 놓여 있었다. 엔더크 남작이 식사 동안 하녀들에게 시킨 것이다. 포드는 침대 위로 올라가 누웠다.

"얼마 만에 누워 보는 침대인지. 좋은 침대는 아니지만 그래도 오랜만에 침대에 누우니 기분은 좋군."

포드가 하하하 웃으며 침대 위를 데굴데굴 굴렀다. 저렇게도 기분이 좋을까.

포드가 누워서 푹신함을 즐기고 있을 때, 발렌이 맞은편에 있는 자신의 침대 위에 앉으며 물었다.

"포드 아저씨. 리젠느 씨에게 반말한 거. 일부러 도발하려고 했던 거죠?"

"젊은 친구가 눈치 하나는 기가 막히는군. 맞아, 일부러 도발했지."

포드가 누운 채로 그를 바라보며 씩 웃었다. 역시나 일부러 그녀의 화를 부추기려고 했던 모양이다.

"왜 그러셨어요?"

"왜 그러기는. 그 귀족 아가씨가 딱 봐도 젊은 친구를 적대하는 듯 보여서 그랬지. 무슨 일이 있는지는 모르지만 하도 그게 눈에 거슬려서 말이야.”

자신의 편을 들어준 것은 고마운 일이지만, 그래도 포드가 그래서는 안 됐다.

“리젠느 씨를 너무 몰아붙이지 마세요. 일단 그녀를 설득시켜야 하니까요.”

“역시. 지금 상황이 영 좋지 않으니 그 아가씨가 달갑게 여기지 않는 모양이군.”

포드는 저녁 식사 자리에 참석하면서 대략적으로 무슨 상황이 벌어진 건지 추측했다가 방금 전 발렌의 말을 듣고 확신한 것 같았다.

“벌써 밖이 깜깜해지고 있군.”

포드의 말에 발렌의 시선이 창밖으로 향했다. 그의 말처럼 밖은 벌써 어둠이 드리워지려고 하고 있었다.

“이제 슬슬 잘 준비를 해야겠군.”

포드가 옷을 훌러덩 벗으며 짐에서 편한 옷을 꺼내 갈아입었다. 발렌이 살짝 의아한 듯 그를 바라보았다.

“벌써 주무시게요?”

순식간에 옷을 갈아입은 포드가 방금 전까지 입고 있던 옷을 빨래 바구니에 넣었다.

“내가 워낙 잠이 많아서 말이야. 게다가 오늘 아침까지 노숙하면서 오느라고 피곤하기도 하고.”

그가 크게 하품을 했다. 발렌도 이 저택에 처음 올 때 긴 여행으로 곯아떨어졌었다. 그 마음을 십분 이해한다.

"난 이만 잘 생각인데. 젊은 친구는 뭘 할 생각인가?"

"글쎄요."

도서관에 가는 것도 나쁘지 않지만…… 솔직히 말하자면 포드가 온 덕분에 대화를 나누고 싶었다. 포드가 그간 어떻게 지냈는지 궁금하기도 하고 말이다.

"저도 일찍 자죠, 뭐. 저희가 바올라 제국으로 다시 귀국하고서 포드 아저씨는 어떻게 지냈는지 얘기를 듣는 것도 나쁘지 않을 것 같네요."

"그래? 재미없을 텐데 괜찮겠어?"

"재밌으면 잠도 안 올 테니 환영이죠."

발렌의 말에 포드가 껄껄 웃었다.

*　　*　　*

'추워.'

발렌이 이불을 몸에 더욱 말았다. 하지만 이 추위는 도무지 떨쳐지지 않았다.

휘이잉~

바람 소리가 그의 귀에 들려왔다. 문이라도 열린 건가 싶었다. 하지만 잠겨 있는 문이 열릴 턱이 없다. 미세한 틈 사이로 바람이 들어오는 거라고 생각하며 계속 잠을 청하려던 발렌이 참다못해 결국 눈을 떴다. 어둠이 짙게 내려앉은 방.

드르렁~

포드의 코 고는 소리다.

어둠 속에서 포드의 코골이 소리만 계속해서 감돌았다. 발렌은 다시금 잠을 청했다. 조용한 숨소리와 함께 다시 잠에 빠진 발렌.

스윽—

그의 뒤에서 들리는 낯선 소리. 잠에 푹 빠진 발렌을 향해 날카로운 시선과 함께 예기가 달빛에 반사되었다.

*　　*　　*

똑! 똑!

"발렌시아 님. 기침하셨습니까?"

제니의 목소리가 밖에서 들려오자 발렌의 눈이 떠졌다. 그가 기지개를 하면서 방문을 열었다.

"예, 일어났어요."

잠을 오랫동안 잔 것 같은데 새벽에 잠깐 깨서 그런지는 몰라도 피곤함이 묻어나오는 것 같았다. 그가 잠이 덜 깬 얼굴로 방문을 열었다. 제니가 하늘 위로 향한 발렌의 머리를 바라보고 고개를 숙였다.

"아침 식사 시간입니다. 세면을 하시고 식당으로 와주시기 바랍니다."

"예, 그럴게요."

제니가 다시 돌아가려고 할 때, 그가 말했다.

"참, 제니 씨. 오늘 아침은 뭐예요?"

발렌의 물음에 그녀가 의아하다는 듯 바라보았다. 발렌은 왜 그러냐는 듯 바라보았다. 제니가 그와 눈을 마주치자 다시 고개를 숙였다.

"야채수프와 빵입니다."

발렌은 고개를 주억였다. 아침으로 무난하구나 싶었다.

"그럼 씻고 바로 식당으로 갈게요."

"예, 그럼 기다리고 있겠습니다."

제니가 정중히 고개를 숙이고 복도를 떠났다. 발렌은 팔을 들어 기지개를 켜며 세면장으로 향했다.

세면장에서 세면을 마친 발렌은 곧장 식당으로 갔다. 식당에 오자 발렌은 리젠느의 자리가 비어 있는 것을 확인할 수 있었다. 역시나 어제 포드의 도발에 열이 받은 듯 오지 않은 것 같았다.

일단 그녀의 눈치를 볼 수밖에 없는 입장이니 발렌은 오늘부터라도 제대로 설득시켜 보기로 했다. 그가 자리에 앉았다. 그리고 그의 눈에 의아한 광경이 펼쳐졌다. 그가 아루스의 팔목을 손가락으로 가리켰다.

"황자 전하. 왜 쇠고랑을 다시 채우셨습니까?"

발렌이 쇠고랑을 손가락으로 가리키며 말하자 아루스가 오히려 되물었다.

"무슨 소리인가? 원래부터 차고 있지 않았는가."

"예? 그렇긴 한데, 어제 포드 아저씨가 풀어 주지 않았습니까. 그러고 보니 포드 아저씨가 자리에 없네요?"

발렌은 일어나자마자 세면을 한 직후 바로 식당으로 왔다. 잠에 취해 포드가 일어났는지 안 일어났는지 확인도 안 했다.

"포드?"

아루스가 하하 웃었다.

"세기어 왕국에서 실린더 납품 계약을 한 드워프 말인가? 하하, 자네가 꿈을 꾼 모양이로군. 오늘 대장장이들이 오기로 하지 않았던가."

"호호. 오라버니, 발렌이 아무래도 오라버니의 쇠고랑이 계속 신경 쓰였던 것 같아요."

"날 생각해 준다니 고맙군."

그 말에 발렌이 석화 마법에 걸린 것처럼 그 자리에서 굳

어 버렸다. 아루스와 엘리즈가 하하호호 웃었지만, 발렌은
웃을 수 없었다. 이바나는 잔뜩 굳은 발렌을 뚫어지도록 바
라볼 뿐이다. 발렌은 굳어 버린 그 자세로 입을 다물지 못했
다.

'리셋이 됐…… 어?'

Chapter 04

흔들리는 마음

말재주는 중요하다. 하지만 말재주보다 더 강한 것은 자신이 상대에게 전달하고자 하는 진정성이다. 하고자 하는 말에 진정성이 있다면 그 누구라도 설득할 힘을 가진다.

　　―바올라 제국 초대 황제, 세인브리트 폰 바올라의 연설 中―

＊　　　＊　　　＊

발렌은 식사를 하지도 않고, 곧장 자신의 방부터 확인했다. 방 안에는 발렌의 짐이 구석에 놓여 있었다. 그러나 그의 눈길은 다른 곳으로 향해 있었다. 그의 눈길이 닿은 곳은 침대 쪽. 그는 침대를 보고 그 자리에 얼어 버렸다. 침대는 하나. 그것을 본 발렌이 멍한 표정으로 한동안 자신의 방을 바라봐야 했다.

'책상이 다시 원래대로 놓여 졌어……'

아침에는 잠이 덜 깨 확인도 안 하고 나와 눈치채지 못했다. 포드의 잠자리를 위해 공간을 확보하려고 책상을 빼고 침대를 들여다 놓았는데, 그것이 보이지 않았다. 낡은 침대 대신 있는 것은 책상. 발렌이 벽에 등을 대고 이 광경을 바라보고 있는데, 그를 뒤따라온 이바나가 물었다.

"방금 전에 한 그 말은 뭐야? 설마 무슨 일이 있던 거야?"

보나바르의 저주에 대해 알고 있는 이바나가 그리 묻자 발렌이 고개를 저었다.

"모르겠어요."

"또 숨기는 거야?"

아루스 탈출에 대해 아무것도 말해 주지 않고 혼자서 행한 일에 대한 서운함이 남아 있던 이바나. 그러나 발렌은 이번에 정말 아무것도 몰랐다.

"아뇨. 숨기는 게 아니에요. 진짜 모르겠어요. 잠을 자고 아침에 일어났는데 리셋이 되었어요.”

발렌도 그것이 의문이었다. 임무는 떨어지지 않았다. 보나바르의 저주는 제아무리 정신이 없는 상황에서라도 임무가 떨어지면 그 임무에 대한 기억이 뇌리에 박힌다. 잊고 싶어도 잊을 수 없도록 만드는 것이다. 하나 이번에는 뇌리에 박히지 않은 건 물론, 임무가 떨어진 기억 자체가 없었다.

‘대체 왜?’

어제 아무 일도 없었다. 있다고 한다면 리젠느가 저녁 식사 때 나왔다가 포드에게 도발을 당한 정도?

“이바나 씨. 우리가 이 영지에 언제 도착했죠?”

“어제 도착했어.”

“그럼 어제저녁에 어머니와 세 남작가의 과거를 말했고, 오늘은 이튿날이라는 거죠?”

이바나가 고개를 주억였다. 발렌은 일주일 전으로 되돌아온 것을 인지하고 고민에 빠졌다. 목표가 없다. 목적이 없다. 해야 할 일이 무엇인지 모르겠다. 지금까지 없던 경우라서 머리가 뒤죽박죽이다.

“아무런 임무도 없이 갑자기 리셋이 되는 경우는 처음이에요. 뭔가 알기라도 하면 그 일을 진행할 텐데……”

아무것도 모르는 상황이니 무엇부터 시작해야 할지 감을

잡지 못했다. 알기라도 하면 이바나와 머리를 맞대고 할 텐데 말이다.

"혹시 리셋되기 전 뭔가 이상함을 느꼈다거나, 혹은 의심 가는 점은 있어?"

발렌이 고개를 저었다. 딱히 감이 잡히는 게 없었다. 아니, 있기는 했다.

'리젠느 씨와 관련이 있는 건가?'

가장 가능성이 있는 것이 바로 이것이다. 리젠느는 발렌에게 일주일 안으로 영지를 떠나라고 했다. 그렇지 않으면 가만두지 않겠다고 하면서.

'하지만 날 죽이려고 할 정도는 아닐 것 같은데.'

포드가 도발해서 우발적으로 살인을 했다면 식사 때 했지, 잠을 자는 도중에 습격할 사람 같지는 않았다.

'하지만 그녀가 아니라면 도대체 누가?'

태어나서 처음 온 영지다. 자신을 살해할 만큼 적으로 생각하는 사람도 없을 테고, 연고도 적은 이곳에서 그를 습격할 자가 있을까? 그러나 발렌은 일단 리젠느가 범인이라고 속단하기에 이르다고 판단했다.

'그녀가 아니라는 보장도 없고, 그렇다는 보장도 없어. 하지만 의심은 하되 지켜보는 게 좋을 것 같아.'

"……."

계속 생각에 잠겨 있는 발렌을 보고, 이바나는 그의 눈가가 초췌해지는 것 같다고 생각했다.

＊　　＊　　＊

발렌은 결국 아침 식사를 거르고 방에 박혀 버렸다. 이바나는 그가 생각을 정리할 수 있도록 밖으로 나갔다. 마차를 끌면서 차가운 바람을 맞았더니 감기에 걸렸다고 서로 입을 맞추는 것도 잊지 않았다. 방에 마련되어 있는 종이와 깃펜. 그는 책상을 깃펜으로 톡톡 두드리며 생각에 잠겨 있다.

'이런 적이 없다는 건 지금까지와 차이점이 있다는 건데……'

발렌은 이번에 겪은 리셋과, 여태까지 겪었던 리셋의 차이점을 고민하다가 그 차이점을 생각해 냈다. 죽음을 맞이하지 않았다는 것이다. 예외라고 한다면 가벨 황자 진영을 선택할지, 아루스 황자 진영을 선택할지에 대한 선택지가 주어졌을 때이다. 그 외의 상황에서는 처음 리셋이 일어날 때 죽음을 맞이하면서 임무가 주어졌다.

"또 다른 차이점이라면……."

깃펜으로 여러 가지 추측과 생각을 정리해 보았다. 지금까지 자신이 임무가 떨어졌을 때 전부 어떤 경우였는지 생각하는 것이다.

엘리즈의 독살 사건 때는 그녀의 독살을 막는 것이었고, 오우거의 탈출 사건도 그녀를 보호하고 달아나는 것이었다. 흑마법사 사건과 세기어 왕국의 임무 때의 경우는 조금 달랐다.

"그러고 보니 둘 다 처음에는 정체불명의 세력이라고 했었…… 지?"

그리고 정체를 알았을 때 다시금 임무가 떨어졌다. 흑마법사를 저지하라, 바하족을 처치하라 등으로 말이다.

"혹시 내게 떨어지는 임무는 내가 어느 정도 인지한 상황에서 내려지는 것인가?"

그렇다면 이번 일에 대한 것이 설명이 되었다. 아무것도 인지하지 못한 발렌. 잠이 들었고, 눈떠 보니 리셋이 되어 있는 신기한 상황. 아무런 이유도 없이 특정한 날에 계속 박혀 있을 이유가 없다. 분명 뭔가 있는 것이 분명했다.

똑! 똑!

밖에서 들리는 노크 소리. 고민에 빠져 있던 발렌이 황급히 종이를 숨기며 대답했다.

"예. 누구세요?"

"알슈타이트 경. 안에 계십니까?"

리젠느의 목소리였다. 발렌은 그녀가 방에 왜 찾아왔는지 궁금증이 들다가 한숨을 내쉬었다.

‘마을 안내로군.’

이 날은 리젠느가 발렌에게 일주일 안으로 영지를 떠나라고 경고하는 날이었다. 리셋이 되기 전에는 그녀가 아침 식사를 마친 발렌을 기다렸지만, 이번에는 달랐다. 아침 식사를 하지 않고 방에 들어오게 되었으니 리젠느가 방문을 두드린 것이다. 그가 앓는 소리를 냈다. 이 문제로도 골치가 아픈데 그녀의 경고를 또 들어야 했기 때문이다.

“안으로 들어가도 되겠습니까?”

발렌이 방에 아무렇게나 꽂혀 있던 책을 꺼내 펼치며 승낙했다. 그가 승낙하자 리젠느가 안으로 들어왔다.

“감기에 걸리셨다고 하녀에게 들었습니다. 누워 계시지 않고 책을 읽고 계셨습니까?”

“예, 아주 가볍게 걸린 것이니 신경 쓰지 않으셔도 됩니다.”

“다행이로군요. 근데 위저드급 마법사가 감기라니. 드문 일이로군요.”

“그러게 말입니다.”

마나를 익힌 이들은 평범한 사람들보다 병에 대한 면역력이 좋다. 그렇다고 아예 안 걸리는 건 아니지만 정말 드문 일이기는 했다. 위저드급 마법사 정도만 돼도 무병장수 할 수 있다는 말이 괜히 있는 게 아니니까.

"무슨 일로 오셨죠?"

발렌은 모르는 척 그녀에게 의중을 물었다.

"마을을 좀 안내해 드리려고 했습니다만, 감기에 걸리셨다니 아무래도 오늘은 무리겠군요."

밖의 바람은 아직도 차갑다. 이 영지가 수도에 비하면 비교적 따뜻하다고 해도 겨울임은 변하지 않았다. 발렌은 그녀의 말을 듣고 바로 본론부터 꺼내게 만들었다.

"이곳에 온 이유가 그건 아닐 텐데요? 하고 싶으신 말이 있을 걸로 생각합니다."

그 말에 리젠느의 표정이 굳어졌다. 모든 것을 알고 있다는 발렌의 눈빛을 보고 그녀의 얼굴에 있던 미소가 사라졌다.

"왜 온 건지 이미 다 알고 계신 거죠?"

"예. 이 영지에 저뿐만이 아니라 황자 전하까지 데리고 온 것을 달갑지 않게 여기는 거겠죠."

"대단하시군요. 제가 하고자 하는 말을 정확히 알고 계시고. 덕분에 말씀드리기 편하겠군요."

리젠느는 더 이상 숨기지 않겠다는 듯 원래 표정으로 돌아왔다. 날카로운 눈빛이 다시 한 번 그에게로 향했다.

"맞아요. 전 알슈타이트 경께서 이곳에 온 게 썩 달갑지 않아요. 황자 전하만 데리고 오지 않았더라면 이렇게까지 하지는 않았을 거예요. 전 이 영지를 지키는 명예로운 기사니까요."

영지의 위험이 분명 오게 될 것인데, 그것을 가만히 놔둘 사람이 있겠는가. 발렌은 그녀를 이해하고 있었다. 하지만 발렌도 해야 될 일이 있었다.

"리젠느 씨가 해야 할 일이 영지를 수호하는 것이라면 전 아루스 황자 전하를 돕는 거니까요. 그렇다고 이 영지가 불타게 만들 생각은 추호도 없습니다. 오만하게 들리겠지만, 저는 그것을 방지하고자 리젠느 씨께서 협력해 주시길 원해요."

"……."

절대 물러날 의사가 없다는 것을 그녀에게 못 박아 두었다. 리젠느의 이마가 좁혀졌다.

'지금 그게 말이 된다고 생각하는 건가?'

발렌이 이 영지에서 나가기만 하면 무사할 일이다. 정말 이 영지가 불타는 게 싫다면 지금 당장 나가는 게 맞았다. 말도 안 되는 궤변을 늘어놓는 것에 리젠느가 기가 찬 얼굴로 그를 바라보았다.

"절 설득하려고 하고 계시는군요."

“이 영지에서 일을 진행하기 위해서는 협력이 필요하니까요.”

조금이라도 뒤가 켕기는 그런 상황으로 만들 수는 없다. 그런 그녀를 향해 발렌은 말을 이었다.

“리젠느 씨가 주군을 모셔야 하는 기사인 것처럼 저도 아루스 황자 전하와 황녀님께 충성을 하는 사람입니다.”

친구를 돕는 걸 충성이라고 해야 할까? 그들의 신분을 생각하면 남이 봤을 때는 충성하는 것으로 보일 테니, 틀린 말은 아니란 생각이 들어 굳이 정정하지는 않았다. 리젠느의 이마가 더욱 좁혀졌다. 그녀는 발렌을 죽일 듯 노려보고 있었다. 그리고 아니나 다를까, 그녀가 발렌의 멱살을 붙잡았다.

“당신은 전제부터 잘못됐어. 당신들이 떠나면 될 일이야. 처형되기 직전의 황자를 갑자기 데리고 와서는 뭐? 자신의 일을 도우라고? 일이 잘못되면 우리 가문이 사라지는 건 물론이고, 영지가 지도상에서 사라질 거야.”

“하지만 성공하면 얻는 것이 많죠.”

엔더크 남작이 도와 일을 성공해 아루스가 황제가 된다면 당연히 엔더크 남작령이 얻을 것은 매우 많다. 나라를 다시 일으킨 것이나 다름이 없을 테니 일등 공신이 될 것이다.

지금까지 비교할 수 없는 엄청난 명예를 얻을 테고, 역사로도 그 업적이 기록될 것이다. 변방의 작은 영지가 아닌, 누구나 다 알고 놀랄 중앙 귀족으로 발돋움하고, 남바른 공작가와 엘로이 공작가처럼 모든 귀족들에게 존경받는 가문이 될 것이다.

"그래, 네 말처럼 얻는 것이야 많겠지."

설득된 것이라 생각했지만…… 어째서인지 리젠느의 얼굴은 좀처럼 펴지지 않았다. 그녀는 더욱 맹렬히 그를 노려보고 있었다.

"우리야 성공하면 명예를 얻을 수 있다고 쳐. 하지만 전쟁을 치르면서 입게 될 죄 없는 영지민들의 피해는? 실패했을 시 삶의 터전을 잃고, 가지고 있는 재산도 압수당한 채, 외지로 추방당할 죄 없는 영지민들까지는 생각하지 못하는 거야?"

그 말에 발렌이 놀랍다는 듯 그녀를 바라보았다. 모든 귀족들이 원하는 것이라고 한다면 명예이다. 명예에 죽고, 명예에 사는 것이 바로 귀족. 명예가 실추될 바에야 죽음을 선택하는 것이 귀족이기도 했다. 기사 가문이라면 명예가 얼마나 중요한지 더 잘 알고 있을 것이다. 그런데 그녀는 명예보다 영지민들을 생각하고 있었다.

기사인 리젠느가 명예를 모를 리 없다. 기사가 아니라고 하더라도 오히려 귀족 영애들이 가문의 명예에 더욱 민감할 때가 많다. 그녀도 다르지 않을 것이다. 그런데도 그걸 다 버리고서라도 영지민들을 생각하고 있으니 발렌이 놀라지 않을 수 없었다. 첫인상이나 행동으로 보아 당연히 야망이 큰 사람이라고 생각했는데, 그것이 아니다. 그녀의 야망은 같은 귀족들이 보기에도 한없이 작았다. 하지만 그 어떤 야망보다도 내재된 힘이 강했다.

한 명의 인간으로서 그들이 불쌍하지 않느냐고 말하는 리젠느. 그녀의 눈빛은 살의마저 띄고 있었다. 발렌은 그녀의 눈에서 시선을 돌렸다. 그녀의 기세에 눌렸다. 설득하려고 했다가 되려 설득당할 것 같았다. 하지만 그는 마음을 다잡았다. 자신이 해야 할 일이 잘못되었다고 생각하지 않는다.

"힘든 싸움이겠죠. 내전으로 치닫지 않았으면 좋겠지만 현 상황으로 볼 때 그것도 거의 불가능해 보이고요."

아루스가 싸우기로 한 시점부터 이미 내전이 시작된 것이나 다름이 없다. 가벨의 이목을 속이고 조용히 준비하는 과정이다. 내전의 신호탄이 발사되는 곳은 바로 이곳. 엔더크 남작령이 될 것이다. 이용할 수 있는 건 이용한다. 그것이 발렌이 지금까지 리셋을 경험하면서 얻은 결과다. 그리고 보나바르의 저주가 함께하는 한 그는 일이 잘못된다 하더라도 어떻게든 성공해낼 수 있다. 그것은 변하지 않는다. 반드시 성공한다. 그러나 리젠느의 진심은 발렌의 마음을 흔들 정도로 진정성이 있었다.

발렌이 이를 꽉 깨물었다. 그는 마음을 다잡았다.

“리젠느 씨는 리젠느 씨대로, 저는 저대로 하고자 하는 일을 하면 되는 거예요.”

리젠느는 그런 그를 보며 얼굴이 붉으락푸르락 변했다. 그녀는 발렌의 멱살을 놓았다. 그때와 다르게 리젠느는 흥분한 감정을 식히며 다시 존댓말로 말했다.

“좋아요, 알슈타이트 경. 그대 마음대로 하시죠. 하지만 일주일 내로 떠나는 게 좋을 거예요.”

리젠느는 이번에도 설득 자체를 포기한 듯 그때와 비슷한 말을 한다.

“제 인내심이 허락할 수 있는 시간이니까요. 그 안으로 떠나지 않는다면 전 당신의 모든 일을 방해할 거예요. 이 영지를 지키기 위해, 영지민을 지키기 위해서. 그 무슨 수를 써서라도.”

그녀의 눈빛이 더욱 차갑게 가라앉고, 고개를 돌려 방을 나갔다. 그때와 똑같았다. 그러나 달라진 것은 분명 있었다. 바로 발렌이었다. 그녀가 방금 전까지 있던 곳을 바라보았다가 주먹으로 책상을 쳤다.

"큭! 나보고 어쩌라고! 나도 좋아서 이런 엿 같은 일을
하고 있는 게 아니야!"

보나바르의 저주만 아니었으면 평범하게 도서관 사서나
하고 있을 것이다. 이런 일이 자꾸 일어나 이제는 되돌릴
수 없게 되었다. 하고 싶지 않아도, 남에게 피해가 가도 자
신이 해야 될 일이라는 것은 변치 않는다.

그가 책상에 엎드렸다. 처음으로 남에게 설득당해 마음
이 흔들린 발렌은 생각이 복잡해졌다. 보나바르의 저주로
인해 무정해진 자신을 보며 자괴감을 느꼈다.

*　　*　　*

"발렌시아 님. 들어가도 되겠습니까?"

문에서 들려온 목소리는 제니의 목소리였다. 발렌이 허
락했다.

"예, 들어오세요."

발렌의 허락이 떨어지자 하녀들이 안으로 들어왔다. 방
으로 들어온 그녀들의 눈이 커지며 발렌에게 시선이 꽂혔
다.

"발렌시아 님. 무얼 하고 계신지요?"

제니와 앤이 눈이 커질 수밖에 없는 이유. 그것은 발렌

이 걸레로 청소를 하고 있었기 때문이다. 발렌의 근처에는 양동이까지 있었다. 물이 더러워져 있고, 주변 가구는 먼지 한 톨 볼 수 없을 정도로 깨끗했다. 발렌이 양동이에 걸레를 넣으며 말했다.

"청소하고 있었는데요?"

"어떻게 그런 천한 일을 하시는 겁니까? 이것은 저희들의 일입니다."

앤이 양동이에 넣은 걸레를 꺼내 청소를 하려고 했지만…… 이미 방은 전부 청소가 되어 있었다. 그녀들이 봐도 먼지 한 톨 보이지 않았다.

'창틈에도 먼지가 전혀 없다니…….'

도서관 대청소로 단련된 발렌의 청소 실력은 하녀들마저 감탄이 나오게 만들었다.

"제 방을 제가 청소하는 게 어때서요. 앞으로 이 방은 제가 청소할 테니 신경 쓰지 마시고 다른 일 하세요. 간혹 힘 쓰는 일이 필요하면 어려워 말고 부탁하시고요."

앤이 딱 잘라 말했다.

"그럴 수 없습니다. 발렌시아 님께서 이러시면 저희들이 곤란해집니다."

하녀들이 해야 하는 것 중 가장 기본적인 게 청소다. 그것을 엔더크 남작의 귀한 손님이 하게 할 수 없는 노릇이었다. 엔더크 남작이 그녀들에게 발렌을 대할 때 자신을 대하는 것 이상으로 최선을 다해 모시라고 직접 말했을 정도니 말은 다한 셈이다.

고용주인 엔더크 남작이 그렇게 말할 정도면 보통의 손님이 아니라는 뜻이다. 게다가 엔더크 남작은 실제로 발렌 앞에서 깍듯했다.

식사 예절이나 행동에서 기품조차 느껴지지 않아 귀족집의 자재 같지는 않았다. 그러나 엔더크 남작에게 그런 대우를 받는 사람이니, 그저 예절 교육을 잘 안 들은 철부지 귀족이겠거니 생각했다. 그러나 지금 이렇게 청소까지 한 것을 보면 철부지 귀족이라고 보기에 무리가 있어 보였다. 아니, 귀족이라고 보기도 어려웠다. 발렌에 대해 아무것도 모르는 그녀들은 머릿속이 벌써부터 혼란스러웠다.

발렌은 어깨를 으쓱였다.

"걱정하지 마세요. 엔더크 남작에게는 제가 말해 둘 테니까요. 차라리 제가 청소하는 게 낫다고요. 아니, 이렇게 말하면 청소를 못해서 내가 하겠다고 하는 거라고 오해하려나? 어쨌든 오해하지 않게 제대로 말해 둘게요."

발렌은 그렇게 말하더니 그녀들에게 웃어 보였다.

"일도 중요하지만 하루하루 할 일도 많으실 텐데 이렇게 된 거 잠깐 쉬고 계세요. 전 이제 수련을 하도록 하겠습니다. 아, 양동이와 걸레를 치우는 건 따로 부탁드릴게요.”

발렌이 하하 웃으며 그녀들을 내보냈다. 발렌이 문을 닫아 어느새 밖으로 떠밀려 나온 제니와 앤. 제니의 손에는 물이 든 양동이가, 앤의 손에는 걸레가 들려 있었다.

“…….”

“…….”

제니와 앤이 서로를 바라본다. 이게 무슨 일인지 혼란스럽기는 하지만 그녀들은 공통된 생각을 하고 있었다.

‘참으로 독특한 귀족이구나.’

＊　　＊　　＊

며칠 뒤, 저택의 하녀로 일하고 있는 앤이 리젠느의 방문을 두드렸다.

“아가씨, 들어가도 되겠습니까?”

“들어와.”

안에서 리젠느의 허락이 떨어지자 앤이 방문을 열고 들어갔다. 그녀가 정중히 인사하며 리젠느의 앞에 섰다.

“현재 그 사람은 어때?”

리젠느가 말하는 ‘그 사람’이란 발렌시아를 가리키는 것이었다. 그녀는 발렌시아의 동향을 일일이 앤에게 보고받

고 있었다. 그가 언제쯤 나갈지, 나갈 의향은 있는지 알기
위해서였다. 앤이 그녀에게 보고했다.

"현재 도서관에서 책을 읽고 계십니다."

"또?"

"예."

리젠느는 발렌이 또 도서관에 있다는 것에 기가 차다는
표정을 지었다. 보고 내용이 도서관에 있거나 방 안에 있다
는 것이 전부였기 때문이다.

"그 사람이 왜 늘 도서관에 가는 건지 알고 있어?"

엘리즈가 책을 좋아한다는 것은 잘 알고 있지만, 리젠느
는 발렌에 대해 거의 아는 바가 없었다. 엘리즈 만큼 알려
진 것이 아니기 때문이다.

"처음 보는 책들로 가득하다고 자주 찾아가고 있습니다.
제가 따로 알아본 바로 도서관 사서이기 전에 책을 매우 좋
아한다고 합니다. 하루도 거르지 않고 책을 본다고 합니
다."

그 말을 듣고 엄청난 책벌레라는 것을 알 수 있었다.

'일주일이란 시간은 너무 길었던 걸까?'

리젠느가 상념에 잠겼다. 지금까지 나갈 생각이 전혀 없
는 것을 보아하니 자신의 의견은 일절 듣지 않고 일을 강행
하려는 속셈 같았다. 실질적으로 자신에게 영지 운영권이

없으니 묵살해도 될 것이라 판단한 게 아닐까 생각하는 것
이다.

"다만 오늘 아침은 다른 점이 있었습니다."

"뭐지?"

"알슈타이트 경께서는 오늘 저희들이 해야 할 일까지 도
와줬습니다. 식재료를 구입하기 위해 식료품점에 같이 동
행해 직접 수레를 끌고 짐을 날라 주었습니다."

"식재료를 날라 주었다고?"

"예."

리젠느는 그의 행동이 무엇을 의미하는지 잠자코 생각했
다. 자신에게 호감을 얻으려는 것이 아니라 아랫사람의 호
감부터 얻어 신뢰할 수 있게 만들려는 속셈이라고 판단했
다.

'어리석기는.'

리젠느가 피식 웃었다. 그녀는 발렌이 자신의 손바닥 위
에 있다는 생각이 들었다. 엔더크 남작은 이미 본인을 따를
것이란 걸 알고 있기에 신경 쓰지 않겠으나, 리젠느는 다르
다. 차라리 아랫사람에게 신용을 얻기보다 자신에게 신경
을 써야 맞았다. 그녀의 신용을 얻는다면 아랫사람이야 자
연스럽게 그를 따르게 될 테니까.

'역시 지식과 지혜는 다른 건가.'

우둔하다는 생각이 들었다. 그게 아니라면 리젠느의 입지를 좁히려는 속셈일지도 모른다고 오해했다.

'고작 며칠 전에 온 사람이 일주일 안에 그것이 가능하다고 보는 건가.'

호감형 외모이고, 언변도 뛰어나지만 이 저택 사람들은 고작 며칠 만에 발렌에게 쉽게 넘어갈 만큼 어수룩한 자들이 아니다. 모두 글을 알고, 어느 정도 교육을 받았으며 자신과 엔더크 남작에게 충성하는 사람들이다. 참으로 어리석은 사람이다. 마음이 가게 할 수는 있어도 충성심까지는 어쩌지 못할 텐데 말이다.

책을 좋아해도 꾀를 낼 지혜가 없다면 다 무용지물인 법. 리젠느는 발렌을 속으로 비웃으며 고개를 주억였다.

"그래, 알겠다. 그 사람의 행동을 하나부터 열까지 사소한 것이라도 내게 보고하도록 해."

"예, 아가씨."

"나가 봐."

앤이 치맛자락을 잡고 무릎을 굽히며 곧 밖으로 나갔다. 리젠느는 서랍을 열어 종이를 꺼냈다.

'내일 이 저택에서 나가지 않겠다 이거지? 그렇다면 소원대로 해 주지. 각오하는 게 좋을 거야, 발렌시아.'

그녀가 서랍에서 꺼낸 종이는 바로 아루스의 현상금 수

배서였다.

＊　　＊　　＊

“고맙군.”

아루스가 만족스럽게 웃었다. 그는 자신의 팔을 구속하고 있던 쇠고랑이 풀려 만족스럽게 웃고 있었다. 오늘 포드가 찾아온 것이다.

“도움이 되었다니 기분이 좋군요.”

포드가 껄껄 웃었다. 지금까지 대장장이들이 해체하지 못해 끙끙 앓았던 아루스다. 쇠고랑을 차고 있어 바깥 외출도 하지 못하고, 일상생활도 불편했는데 그가 그것을 해결해 주었다. 어찌 고맙지 않을 수 있을까.

엔더크 남작도 대단하다는 듯 완전히 분해된 쇠고랑을 바라보고 있었다.

“과연 대단하군요. 드워프의 손재주가 좋다는 것을 들었지만, 이 정도로 좋을지 몰랐습니다. 게다가 그중에서도 야장이라 불릴 실력이라면…… 이 나라에서 따라올 대장장이는 없겠지요.”

“칭찬받아 좋기는 하지만, 세기어 왕국의 대장장이들에게 그리 어려운 것도 아니야. 마도구와 가장 친숙한 나라가

세기어 왕국이니까. 대장장이들도 마도구에 대해 해박할
수밖에."

마도구를 만드는 일을 주로 하는 대장장이들. 마도구를
만들기 위해서는 마법학에 대한 지식이 있어야 한다. 포드
는 실린더를 개발하면서 마법학과 연금술에 대해 열심히
공부했다. 마법에 대해 어느 정도 알고 있고, 마법 처리된
도구를 어떻게 분해해야 하는지 잘 알고 있었다.

발렌과 이바나, 엘리즈가 해체하지 못한 이유가 내부 장
치를 어디서부터 분해해야 할지 몰라서다. 까딱 잘못하다
가는 아루스의 팔이 날아갈 수 있기에 건들지도 못했다. 그
것은 이 영지의 대장장이들도 마찬가지였다. 그러나 마도
구를 직접 제작하는 포드에게는 큰 문제가 아니었다.

"참, 그리고 제가 끌고 온 마차에 계약대로 실린더가 잔
뜩 있으니 확인해 보시기 바랍니다."

"사람을 시키지 않고 세기어 왕국에서 이곳까지 직접 끌
고 온 건가?"

"분실하면 큰일이고, 어차피 이 나라에 올 생각이었으니
제가 가지고 왔습니다. 그게 안심이 되니까요."

사람을 시켜 보내는 것도 괜찮지만 도중에 산적이나 야
만족을 만나 약탈당할 것도 우려해 직접 가지고 온 포드.
결과적으로 잘한 일이었다. 아무것도 모르고 사람을 시켜

황궁에 실린더를 보냈으면 가벨의 손에 들어갈 뻔했으니까.

'본의 아니게 실린더가 좋지 않게 사용되겠구나.'

나라의 국력을 위해 계약을 한 것인데, 가벨과 싸우기 위해 쓰이게 될 줄이야. 아루스의 얼굴이 어두워졌다. 내전으로 가는 것은 원치 않지만 지금 말로 해결할 수 없는 상황임을 잘 알고 있는 아루스. 지금 당장은 숨을 죽이고 점차 힘을 키워 나가야 할 때이다. 무엇이든 준비가 필요한 법이다.

*　　*　　*

저녁 식사가 끝나고 발렌의 방에 있던 책상이 사라지고, 침대가 놓여졌다. 앞으로 포드는 발렌의 방에서 함께 지내게 될 것이다. 포드는 역시나 침대 위로 올라가 누웠다. 장기간 마차를 타고 온 피로에 금방이라도 졸 것 같은 포드. 하지만 발렌은 그의 안전을 위해 다른 곳으로 대피시켜야 했다.

"포드 아저씨. 오늘 시간 있으세요?"

"시간이야 많지. 근데 오랜 여행으로 좀 피곤해서 말이야. 일찍 자야할 것 같아."

포드가 어깨가 결린다는 듯 손으로 조물조물 문질렀다. 발렌이 하하 웃었다.

"오시면서 제대로 식사는 하고 오셨어요?"

"부족하지만 제대로 먹고 왔지. 거기다 오늘 이곳에서 준 저녁도 꽤 맛있었고 말이야."

"그럼 술은요?"

"마차를 몰고 오는데 술을 마실 수야 없지. 그러고 보니 술을 안 마신 지 꽤 되었군."

오는 동안 술을 입에 한 모금도 대지 않은 포드. 발렌이 다행이라 생각하며 물었다.

"포드 아저씨는 술 좋아하시죠?"

"당연하지. 드워프 중에서 술 싫어하는 녀석은 없어."

"그래요? 같이 마시려고 했는데, 피곤하시다고 하니 어쩔 수 없네요."

발렌이 살짝 장난기 어린 표정으로 말했다. 포드가 그 말을 듣고 깜짝 놀라며 펄쩍 뛰었다.

"무, 무슨 소리! 한 달 동안 마차를 몰았어도 드워프는 힘과 체력이 장사니까 끄떡없어! 이 정도 피곤함은 아무것도 아니야!"

그의 반응이 재미있어 하마터면 폭소를 터트릴 뻔한 발렌. 발렌이 미소를 자아냈다.

"그럼 같이 술 마실래요?"

술을 마시자는 말에 포드의 입에서 침이 주륵 새어 나왔다. 그는 소매로 침을 닦으며 물었다.

"젊은 친구가 쏘는 건가?"

"물론이죠. 이 영지에서만 나오는 나베른 열매라고 있는데, 그게 술의 원료가 된다고 하네요. 이 영지에만 있는 술이래요. 저도 먹어 본 적은 없는데, 같이 마시는 건 어때요?"

이 영지에서만 나오는 술. 포드는 호기심 가득한 얼굴로 과장스럽게 고개를 연신 주억였다. 애주가인 포드가 이걸 놓칠 리 없었다.

"언제 마실 건가?"

발렌이 미소를 지었다.

"지금 가죠. 배부르시지는 않죠?"

"배불러도 술이라면 더 들어가니 그 점은 걱정하지 마."

포드가 어린애처럼 신난 것을 보고 발렌의 얼굴에 미소가 떠나가질 않았다.

*　　　*　　　*

해가 완전히 지고, 어둠이 찾아왔다. 발렌은 포드와 술을 걸쳤다. 물론 발렌은 술을 자제해 한두 잔만 마셨다. 제아무리 마나를 쌓아 술에 강해졌다 하더라도 맨 정신으로 있어야 하기 때문이다.

그는 포드를 근처 여관에 재우고, 다시 저택으로 돌아왔다. 저택도 몇몇 방을 제외하고 어둠으로 감싸였다. 발렌이 랜턴으로 복도를 밝히며 이바나의 방문을 두드렸다.

"누구세요?"

"저예요, 이바나 씨."

"들어와."

이바나의 허락이 떨어지자, 발렌이 방문을 열고 안으로 들어갔다. 이바나의 방은 상당히 어질러져 있었다. 구겨진 종이들이 책상 주위로 아무렇게나 나뒹굴고 있었다. 제니와 앤이 청소하기 정말 힘들겠구나 생각하며 그녀의 앞에 섰다. 이바나는 자신의 연구 자료를 숨기지도 않고 그를 바라보며 물었다.

"어쩐 일로 왔어?"

"리셋이 되는 게 새벽이라서요. 무슨 일이 생긴 건지 모르지만 혹시 모르니 포드 아저씨를 여관에 재웠어요."

리셋이 되는 것은 정해진 날짜에서 벗어난 자정, 혹은 죽음을 맞이했을 때다. 지금까지 첫 리셋은 전부 죽음을 맞이하고 그 뒤에 임무가 떨어졌으니, 이번에도 무슨 이유에서

든 죽음을 맞이했기에 리셋이 일어난 것이라 생각했다. 포드가 위험에 처할 수도 있으니 일단 그를 안전한 여관에 재운 것이다.

"아직도 리셋의 원인을 못 찾은 거야?"

"예. 오늘 확인해 봐야죠."

"난 뭘 하면 돼?"

발렌은 곰곰이 생각하다가 고개를 저었다. 그녀가 도울 일은 없었다. 아니, 도울 일이 없는 게 아니라 도울 수 없었다. 이건 발렌이 알아내야 할 일이다.

"이바나 씨는 평소대로 방에서 주무시거나 마도구 이론을 재정립하시면 돼요. 제가 뜬 눈으로 계속 있으면 무슨 일이 일어난 건지 알 수 있겠죠. 만약 이 원인을 알아내고, 리셋이 되면 제가 이바나 씨께 말씀드릴게요."

"다음의 나에게 맡기겠다니. 굉장히 섭섭하네."

그녀의 진심이 느껴졌다. 자신의 일도 아닌데 도우려고 하는 것이 이렇게 감사할 수 없었다. 자신을 이해해 주는 이가 있어 매우 든든했다.

"고마워요, 이바나 씨."

"뭐, 그 정도로. 그렇다고 나한테 반하지는 말고."

"반하려고 하다가도 그 말 들으니 생각이 확 가시네요."

이바나와 발렌이 동시에 웃음을 터트렸다. 잠깐 농담을

하면서 긴장을 풀고, 그녀가 다시 진지하게 말했다.

"나도 방에서 마도구 연구를 하고 있을 테니까, 무슨 일이 생기면 날 불러. 알았지?"

"예, 이바나 씨."

발렌도 결연한 얼굴로 고개를 주억이며 밖으로 나갔다.

'오늘이야.'

어떻게 리셋이 진행된 것인지. 발렌은 오늘 하루 뜬 눈으로 지켜볼 생각이었다.

*   *   *

완전히 어둠이 내려앉은 깊은 새벽. 발렌의 방도 어둠으로 가득하다. 그러나 어둠 속에 있는 발렌의 두 눈만큼은 빛나고 있었다.

달칵.

문이 열리는 소리가 들린다. 랜턴조차 틀지 않고 조용히 움직이는 소리도 그의 귀에 닿았다. 조용히 접근해 오는 기척이 느껴진다. 발렌은 이불을 뒤집어쓴 채 준비한다.

'조금만 가까이, 조금만 더……'

근처까지 다가오자 발렌이 이불을 확 걷어차며 손을 뻗었다. 순식간에 일어난 일. 다가오던 이는 그의 손에 팔목을 잡혔다. 그에게 팔목을 잡힌 당사자가 놀라 뒷걸음을 치려고 했지만, 발렌은 그 팔목을 놓치지 않았다. 발렌의 눈에 들어온 이는 무장을 한 리젠느였다. 그녀는 손에 검까지 꺼내 든 채였다.

"역시 당신이었어?"

발렌이 리젠느를 힘주어 노려본다. 리젠느가 인상을 찌푸리며 그를 걷어찼다. 발렌이 그녀를 잡고 있던 손을 놓쳤다. 발라당 뒤로 넘어진 발렌. 그녀가 레이피어를 찌르며 들어왔다. 그가 몸을 옆으로 돌리자, 레이피어와 함께 그녀가 옆으로 빗겨 나갔다.

푸욱! 쿵!

"……?"

발렌은 뒤이어 들려오는 소리에 의아함을 느끼고 뒤를 돌아보았다. 발렌의 뒤에는 리젠느가 배틀엑스를 든 어떤 덩치의 심장에 레이피어를 찌른 후, 뽑았다.

"이게 도대체……?"

무슨 상황인지 이해하지 못한 발렌. 그때 리젠느가 시선도 마주치지 않고 말했다.

"반사 신경이 대단하군요. 마치 이런 일은 익숙하다는 듯이 말이죠."

리젠느는 검에 묻은 피와 살점을 털어 내서야 레이피어

의 칼끝을 바닥에 대고 그를 마주 보았다. 그녀의 레이피어에 목숨을 잃은 이는 누구인지 확인할 겨를도 없었다. 혹시 아루스가 이곳으로 흘러들어온 걸 알아챈 현상금 사냥꾼들이 아닐까 추측만 할 뿐이다.

"내 목숨을 노리는 게 아니었나요?"

리젠느가 기가 막힌 건지 황당한 건지 모를 표정으로 그를 바라본다. 그녀가 허리에 손을 얹으며 게슴츠레 그를 노려본다.

"제 목적은 쫓아내는 거지, 죽이는 게 아닙니다. 기사인 제가 비겁하게 자객처럼 암습을 할 거라고 생각하셨습니까?"

대단히 실례되는 말이라며 흥! 하고 콧방귀를 뀌었다.

"하기야, 어느 날 갑자기 마법사가 된 사람이 기사에 대해 뭘 알겠느냐마는."

발렌에게 훤히 다 들리도록 혼잣말을 하는 리젠느. 발렌은 인상을 찌푸리며 적의를 나타냈지만 지금 그럴 때가 아니라고 생각하며 그녀에게 물었다.

"그렇다면 왜 제게 검을 휘두른 거죠?"

발렌이 그녀를 쏘아보았다. 조금이라도 잘못되면 그녀의 레이피어는 발렌을 찔렀을 것이다.

"사지를 여러 차례 왔다 갔다는 얘기를 들었습니다. 어

두워도 직선으로 찔러 오는 것쯤이야 쉽게 파악하고 피할
수 있을 거라 생각했지요.”

그 생각은 정확했다. 이미 수차례 전투 경험이 있는 발렌
은 알게 모르게 검을 피하는 방법을 익히게 되었다. 마나를
익히면서 반사 신경도 좋아지고, 눈도 좋아졌다. 정직하게
찔러 들어오는 것쯤은 얼마든지 피할 수 있었다.

리젠느도 발렌을 조사하면서 엘리즈를 노린 자객, 오우
거, 리치, 야만족들을 상대로 전투를 경험했다는 것을 알고
있었기에 충분히 피할 수 있으리라 생각했다.

‘일종의 화풀이 겸 날 재 본 거였군.’

굳이 그렇게 하지 않아도 됐을 일이다. 그러나 그렇게 했
다는 건 그녀는 발렌을 여전히 달갑게 여기지 않는다는 뜻
이다.

“그럼 다른…….”

다른 질문을 하려고 하던 발렌. 그러나 리젠느가 그의 말
을 끊어 버렸다.

“묻고 싶은 게 많아 보이지만 지금 질문에 대답할 시간
은 없습니다. 슈벤이 저택을 습격했으니까요.”

“슈벤?”

낯선 이름이다. 그가 누구냐고 묻는 듯 바라보았지만, 리
젠느는 길게 설명해 줄 시간이 없다는 듯 짧게 대답했다.

"슈벤은 몬스터입니다."

갑자기 몬스터의 습격이 있다는 말에 발렌의 눈이 커졌다.

"몬스터가 왜 여길 습격하는 거죠?"

"마을을 습격하지 못하면 가끔씩 저택을 노리고 쳐들어오기도 하는데 그게 오늘이었던 거죠. 운이 나빴다고 말할 수밖에 없는 상황이군요."

그녀가 피식 웃었다.

"지금 제 덕분에 목숨을 빚졌으니 그 빚을 갚아야겠죠?"

슈벤은 기척을 숨기는 것이 매우 뛰어난 몬스터들이다. 계속 일어나서 주변을 주시하던 발렌도 느끼지 못했을 만큼 은밀했다. 리젠느에게 목숨을 빚졌다는 게 틀린 말은 아닐 것이다.

"영지에서 나가라고요?"

"그것도 고려해 볼 만하지만 아닙니다. 슈벤 소탕에 협력해 주시길. 습격해 온 슈벤의 수가 꽤 많으니까요. 소탕하는 데 저와 아버지만으로는 힘에 부치는 것도 사실이니까요. 돌팔이 마법사라도 전력에 보탬이 되겠죠?"

리젠느의 말에 발렌이 인상을 찌푸렸다. 이바나에게 돌팔이 마법사라고 들었을 때는 진심으로 놀리는 게 아니란 것을 알기에 기분이 나쁘지 않지만, 그녀는 달랐다.

“제가 옆에 있어드릴 테니 걱정하지 마시길.”

리젠느는 그를 조롱하고, 얕잡아 보고 있는 것이다. 진심이다. 마치 자신이 지켜 주겠다는 식으로 말하고 있지 않은가. 울컥하는 감정이 들려는 그 순간이었다.

리젠느를 도와 엔더크 남작의 저택을 습격한 슈벤을 섬멸하라.

임무가 떨어졌다. 리젠느는 마음에 들지 않지만 임무가 떨어진 이상 강제성을 지니게 된다.

“…….”

그가 혀를 차며 일단 그녀의 의견에 수락했다. 마음에 들지 않지만 임무가 떨어진 이상 그가 해야 할 것은 정해진 것이다.

Chapter 05

리젠느 폰 엔더크

<슈벤>

신장: 150~170cm

서식지: 바올라 제국 엔더크 남작령 동쪽, 마녀의 숲

엔더크 남작령에서만 서식하는 몬스터. 검은 피부에 날카로운 송곳니를 가진 인간형 몬스터이다. 몬스터 중 가장 머리가 좋으며 인간과 가장 흡사한 모습이다. 잡식으로, 무리를 지어 생활하며 도구를 사용한다. 인간의 무기를 탈취해 사용하기도 하고 함정에 빠뜨려 사냥하기도 한다. 낮은 수준이지만

그들만의 언어를 사용하며 송곳니에는 마비 독이,
손톱에는 강력한 수면 독이 있어 사냥감을 움직이
지 못하게 하고 잡아먹는다.
　　　　　—저서『몬스터 도감』中 발췌—

＊　　　＊　　　＊

　방에서 나오면서 리젠느에게 슈벤에 대한 설명을 간략하
게 듣고 이리저리 뛰어다녔다. 슈벤은 가죽이 검기 때문에
안 그래도 잘 보이지 않는 어둠 속에서 잘 숨어 다니고 있
었다.

　"라이트(Light)!"

　발렌이 손을 펼치자 조그마한 빛 덩이가 환하게 주변을
밝혔다. 랜턴보다 밝은 빛이 터져 나오며 어둠 속을 지나다
니던 슈벤들이 그 빛을 보고 괴성을 질렀다.

　녀석들은 얼핏 보면 인간처럼 생겼지만 명확한 차이가
있었다. 몸은 단단한 비늘로 뒤덮여 있고, 아래턱이 굵고
멧돼지처럼 송곳니가 입술 위로 튀어 올라왔으며 날카로운
손톱과 발톱이 있다는 것이다.

　녀석들이 갑자기 터져 나온 빛에 괴로워하고 있을 때를
틈타, 리젠느가 빠르게 움직이며 레이피어를 휘둘렀다. 녀

석들의 비교적 연약한 목과 안쪽 허벅지, 겨드랑이 쪽을 노리는 리젠느. 녀석들의 신체가 순식간에 절단되고 쓰러져 나갔다.

'잘 싸우네.'

레이피어로 싸우는 모습은 처음 본 발렌. 검 특성상 찌르는 동작이 많았다. 그녀는 거리를 재며 틈이 생기면 주저 없이 녀석들을 찌르거나 베어 냈다. 가끔씩 위험한 행동도 주저하지 않았다. 녀석들의 품에 비집고 들어가 급소를 노리는 리젠느. 그녀는 무투기를 사용하고 있었다.

'처음 보는데. 변화형인가?'

자신의 뼈와 근육을 일순간 변화시키는 무투기인 것 같았다. 그녀가 무투기를 쓸 때마다 주로 다리와 팔에 빛이 아른거렸다. 신체를 변화시켜 빠르게 상대를 베어 냈다. 그러나 그것도 점차 한계에 다다르는 듯싶었다. 처음과 달리 지쳐 가는 것이다. 그 증거로 그녀의 레이피어에 드리워져 있던 오러에 빛이 사라져 가고 있었다.

아루스나 레딘처럼 날카롭지 않고 빛이 떠도는 정도지만, 그녀의 검에 힘을 실어 주고 있었다. 그것마저 사라지면 그녀는 순식간에 위기에 몰릴 것이다.

"도와줄까요?"

발렌은 그녀가 위태로워 보여 그리 물었다. 그녀가 슈벤을 계속 견제하며 소리쳤다.

"라이트로 주변이나 밝히고 있어요! 저 혼자 할 수 있으니까!"

대답은 대충 예상했기 때문에 발렌은 마음대로 하라는 듯 관여하지 않았다. 그저 라이트 마법으로 불만 비출 뿐이다. 그냥 좀 포기하라고 말하고 싶지만 그녀의 고집도 제법인 것 같으니 그냥 놔두기로 했다. 그녀에게 쌓인 것도 있으니 도와줄 생각도 전혀 들지 않았다.

'임무만 아니었으면 같이 있지도 않았을 텐데.'

리젠느와 함께 있는 지금 이 순간마저 괴롭다. 그러나 임무 때문에 그녀와 함께 해야 했다. 위기에 몰리면 고집도 못 부리고 도와 달라고 하겠지 생각했다.

"헉! 헉!"

리젠느가 숨을 거칠게 내쉬고 있다. 세 마리 중 두 마리는 잡았으나 나머지 한 마리는 어쩌지 못하고 있었다.

확실히 슈벤이 머리가 좋은 편이긴 한 모양이다. 남은 한 마리는 함부로 나서서 공격하지 않고 그녀와 신경전을 벌이고 있었다. 발렌이 나서면 금방 끝날 것을 그녀의 고집 때문에 이렇게 시간을 지체했다. 발렌이 팔짱을 끼며 지켜보고 있는 와중이었다.

"Kue ra!"

그녀와 신경전을 벌이던 슈벤이 갑자기 소리쳤다. 몬스터 중 유일하게 언어를 쓰는 슈벤. 녀석의 외침과 함께 리젠느의 위에 있는 샹들리에가 흔들렸다. 샹들리에 위에서 무언가 뛰어내리는 소리가 발렌의 귀에 닿는다. 빛이 닿지 않는 공간.

슈벤이었다. 샹들리에 위에 숨어 있던 녀석이 그녀를 향해 달려들었다. 총 세 마리! 발렌의 입이 빠르게 움직이며 손을 뻗었다.

"윈드 커터!"

발렌이 시전한 바람의 칼날이 녀석들에게 날아갔다. 리젠느의 위를 노려 기습을 가한 녀석들은 윈드 커터에 맞고 비명을 질렀다. 리젠느는 깜짝 놀라며 뒤를 바라보았다. 미처 예상하지 못한 곳에서 공격을 당할 뻔해 놀란 것 같았다. 놀란 건 그녀와 신경전을 하고 있던 슈벤도 마찬가지다. 녀석은 이렇게 쉽게 동료들의 기습이 실패하리라고는 상상도 못한 것 같았다. 발렌은 꿈틀거리고 있는 녀석들의 목숨을 마저 끊었다.

"후우."

발렌이 안도의 한숨을 내쉬었다. 아슬아슬했다. 알아채는 게 조금이라도 늦었다면 큰일 날 뻔했다.

"뒤에만 있으라고 했을 텐데요?"

"어휴."

도와줬음에도 고집을 유지하는 그녀. 발렌은 더 이상 못 봐 주겠다는 듯 한숨을 내쉬며 그녀를 뒤로 잡아당기더니 자신이 앞에 섰다. 지체할 시간도 없는데 그녀 때문에 계속 지체하게 된다.

"답답해 죽겠네요. 방해되니까 얌전히 뒤에 계시죠?"

자신이 느낀 감정을 똑같이 맛보라며 일부러 그리 말한 것이다. 발렌이 의도한 대로, 그에게 무시를 당한 것에 리젠느의 얼굴이 붉으락푸르락 변한다. 화가 난 것처럼 보였다. 그는 의기양양한 표정으로 마나 엔진을 회전시켰다. 빠르고 강력하게 증폭되는 마나. 그의 주변에서 일어나는 심상찮은 분위기에 주위가 압도되었다. 그의 주변으로 작은 불꽃들이 여러 개 만들어지며 점차 커진다.

"파이어 애로우."

불꽃들이 빠르게 슈벤들에게 날아간다. 정확히 슈벤들의 몸에 적중한 파이어 애로우. 녀석들은 몸에 불이 붙자 괴로워했다. 불을 끄기 위해 몸부림치는 녀석들. 발렌은 윈드 커터로 마저 녀석들을 마무리해 버렸다.

리젠느와 다르게 슈벤을 정리하는데 걸린 시간은 고작 10여 초. 뒤를 돌아보니 그녀는 상당히 놀란 표정을 짓고 있었다.

"마, 말도 안 돼."

리젠느는 그가 펼친 마법을 보고 기가 차다는 표정을 지었다. 발렌은 딱히 대단한 마법을 쓴 것도 아닌데 그녀가 이렇게까지 당황하는 걸 이해하지 못했다.

"파이어 애로우와 윈드 커터는 메이지급 마법 아닌가요?"

발렌이 맞다는 듯 고개를 주억였다. 파이어 애로우는 화살처럼 날아가 대상에게 불길을 붙이는 정도로, 일부러 화재를 일으키려는 것이 아니면 거의 쓰지 않는 공격 마법 중 하나였다.

파이어 애로우를 사용할 바에야 차라리 파이어 볼을 사용하는 게 낫다는 것이 마법사들의 전투에 있어서 기초 중 기초다.

파이어 볼은 불덩이를 날리는 것도 있지만 공중에서 폭발하면서 더 큰 충격을 주기 때문이다.

"그게 왜요?"

"고작 파이어 애로우로 녀석들에게 이런 피해를 주지 못할 텐데 어떻게……."

"……?"

발렌은 고개를 갸웃거렸다. 파이어 애로우는 확실히 메이지급 마법이다. 하지만 위저드급 마법사가 쓰는 마법은 제아무리 메이지급이어도 화력이 더 우수할 수밖에 없다.

'위저드급 마법사를 본 적이 없는 건가?'

발렌의 경우 마나 엔진까지 있으니 그 위력은 더욱 강해진다. 변방 영지는 인재들이 부족하니 당연히 마법사들도 찾아보기 어려울 것이다. 발렌은 그러려니 넘어가기로 했다.

"쓸데없이 시간 낭비했으니까 가죠. 뒤에서 따라오기나 해요."

발렌이 앞장선다고 하자 그녀의 눈살이 찌푸려졌다. 발렌은 그녀가 따라오든 말든 상관 안 한다는 듯 앞장서서 이동했다.

발렌은 그녀가 다치지 않도록 강한 마법을 자제하며 뒤에서 도와주었다. 저택에 화재가 나지 않도록 주의하는 것이 은근히 신경이 쓰이는 탓에 신중히 해야 하는 발렌. 어려운 점은 그게 전부였다. 슈벤은 발렌에게 전혀 타격을 주지 못했다. 녀석들의 주특기인 은밀함과 어둠 속 위장으로 인해 상대하기 어려웠다. 하지만 라이트로 주변을 밝히면 녀석들은 쉬운 상대였다.

"아무래도 저택을 습격한 슈벤의 수는 생각보다 많은 모양이군요."

리젠느는 발렌이 잡은 슈벤들을 하나하나 확인 사살까지

마쳤다. 머리가 좋은 녀석들이기 때문에 죽은 척하는 녀석도 꽤 된다는 모양이다.

"엔더크 남작이나 아루스 황자 전하는 크게 염려하지 않아도 되겠지만, 황녀님과 미스 엘로이가 걱정되는군요."

아루스는 이 나라의 황자이기 전에 최고의 기사이다. 그의 무위를 직접 눈앞에서 목격한 발렌은 그가 얼마나 강한지 잘 알고 있다. 오우거조차도 일격에 베어 버릴 만큼 뛰어난 무위를 가진 아루스. 그러나 엘리즈와 이바나는 불안했다.

'리즈는 황자 전하와 방이 가까우니 안전할 거야. 하지만 이바나 씨는 아니야. 이바나 씨, 깨어 있으면 탈출하셨을까?'

그러기를 바라면서 발렌은 자신의 방에서 가장 가까운 이바나의 방으로 가기로 했다.

콰앙!

그 순간, 굉음과 함께 저택이 크게 흔들렸다. 이바나의 방에서 들려오는 소리였다.

"이바나 씨!"

발렌이 이바나의 방을 향해 달렸다. 리젠느도 발렌을 뒤따랐다. 그녀의 방 근처로 오니 방문이 부서진 채 복도에 나뒹굴고 있는 게 보였다.

“이바나 씨이이이!!”

발렌이 이바나의 이름을 크게 부르며 방 안을 살폈다. 그 안에는 발렌과 리젠느가 슈벤을 차례차례 격파하고 오면서 본 광경과 비슷한 것이 펼쳐져 있었다.

슈벤 두 마리가 방에 피를 흘린 채 쓰러져 있었다. 그리고 이바나의 옷도 붉게 물들어 있었다.

“이, 이바나 씨!”

발렌이 깜짝 놀라 이바나에게 다가갔다. 이바나는 손을 흔들었다.

“이거 내 피 아니니까 호들갑 떨지 않아도 돼. 그 전에 이것들은 뭐야?”

슈벤을 바라보고 있었다. 발렌이 방으로 들어오자 그녀가 손가락으로 슈벤을 가리키며 물었다. 이바나는 상당히 놀란 듯 보였다. 방에서 연금학을 독학하고 마도구 이론을 정립하고 있는데, 갑자기 난생처음 보는 몬스터의 습격을 받았으니 놀라는 것도 이상하지 않았다.

“메이지급 마법사가 두 마리를 혼자서 격파하기는 힘들었을 텐데. 어떻게 녀석들을 소탕한 거죠?”

“마도구를 사용했죠.”

그제야 발렌은 이바나가 손목에 차고 있는 실린더를 볼 수 있었다. 실린더에서 연기가 피어오르고 있었다. 그녀가 머무는 방으로 오면서 저택을 뒤흔든 폭발음은 실린더를 쓰면서 난 것이었다. 그녀가 무사한 것을 본 발렌은 안도의 한숨을 내쉬었다.

"그렇군요. 잠시 실례하겠습니다, 미스 엘로이."

그러더니 리젠느가 이바나에게 다가가며 몸 상태를 살폈다. 그녀의 몸을 살펴본 리젠느가 고개를 숙였다.

"다행히 물리거나 손톱에 긁힌 자국은 없군요. 독에 중독될 걱정은 없을 겁니다. 그래도 혹시 모르니 이걸 복용하시길."

리젠느가 이바나에게 병을 건네주었다. 해독약이라 생각하고 이바나가 병에 든 약을 모두 입 안에 넣었다.

"으~ 써."

이바나가 인상을 찌푸렸다. 어찌나 쓴지 표정이 좀처럼 원래대로 돌아오지 않았다. 리젠느는 그녀가 약을 복용한 걸 확인하며 말했다.

"아버지와 아루스 황자 전하, 엘리즈 황녀님은 방이 가까우니 그곳으로 가는 게 좋겠습니다. 일단 합류하도록 하죠."

발렌은 의아한 시선으로 그녀를 바라보았다.

"제니 씨와 앤 씨는요?"

제니와 앤은 이 저택에서 숙식하며 지내고 있는 하녀들

이다. 그녀들도 특별한 일이 없다면 이 저택에 있을 것이
고, 위험에 처해 있을 것이다. 그러나 리젠느가 고개를 저
었다.

"제니와 앤은 알슈타이트 경께서 신경 쓰지 않아도 됩니
다."

그 말에 발렌이 멍하니 그녀를 바라본다. 그녀들도 영지
민이니 영주로서 지켜야 될 이들이 아니던가. 그녀는 무정
하게도 이 저택에서 일하는 그녀들을 버리려고 하고 있었
다.

'역시 말로만 그렇게 한 건가?'

그녀에게 설득 당해 자괴감을 느꼈던 자신이 바보라고
생각하며 발렌이 쯧! 하고 혀를 찬 순간이었다.

콰앙! 쾅!

이번에는 멀지 않은 곳의 문이 박살 나는 소리가 들렸다.
제니와 앤의 방에서 들리는 소리다. 발렌이 깜짝 놀라 밖으
로 나가자 믿기 힘든 광경이 펼쳐져 있었다.

"마, 말도 안 돼……."

머리가 박살 난 슈벤과 사지가 절단된 슈벤이 복도에 쓰
러져 있다. 발렌은 방에서 나온 그녀들을 보고 경악할 수밖
에 없었다.

앤의 가죽 구두는 피로 물들어 있었고, 제니는 기사들이

나 쓸 법한 검을 소지한 채 이쪽으로 다가오고 있었다. 그녀들을 보고 경악하고 있는데, 뒤에서 리젠느의 목소리가 들려왔다.

"제가 말하지 않았습니까. 신경 쓰지 않아도 된다고. 그녀들은 슈벤 따위에게 당할 만큼 연약하지 않습니다. 메이어 신성 제국의 몽크와 성기사로 일했었으니까요."

발렌은 경악할 수밖에 없었다. 평범한 하녀라고 생각했는데 몽크와 성기사로 일했다니. 지금까지 몰랐다.

그녀들의 몸 주위로 하얀색 마나가 떠돌아다니고 있었다. 바로 신성력이었다. 따뜻하고, 포근해 보이지만 위엄이 있었다. 지니고 있는 그 힘은 결코 보통이 아니었다.

제니와 앤이 그녀에게 다가와 정중히 인사를 했다.

"아가씨, 다치신 곳은 없습니까?"

피로 물든 구두를 신고, 피가 튄 옷을 입은 채 정중히 인사하니 그 괴리감이 장난이 아니다. 발렌과 이바나는 침묵하며 그 모습을 바라보는데, 리젠느는 상당히 담담하게 고개를 끄덕였다.

"난 무사하다. 하지만 아직 슈벤은 남아 있을 것이다. 저택 내에 있는 슈벤을 모조리 섬멸한다. 제니와 앤은 흩어져서 이미 죽은 녀석도 확인 사살을 하고, 방을 샅샅이 뒤져 숨은 녀석들을 찾아내라."

“예, 아가씨.”

그리고 제니와 앤이 순식간에 달려가 눈앞에서 사라졌다. 그 모습을 본 발렌과 이바나는 멍하니 리젠느를 바라볼 뿐이다.

*   *   *

이바나와 합류한 발렌과 리젠느. 그들은 곧장 아루스와 합류하기 위해 아루스의 방으로 향했다. 아루스의 방 근처는 더 살벌한 모습이었다. 복도가 전체가 피로 젖은 것은 물론, 슈벤의 시체로 가득했다. 아루스와 엔더크 남작은 그 한복판에 서서 슈벤의 시체를 바라보며 이야기를 나누고 있었다.

“황자 전하!”

발렌이 아루스를 부르자, 둘의 시선이 그에게 향했다. 발렌이 아루스에게 다가갔다.

“괜찮으십니까?”

“내 몸을 걱정하는 것인가? 난 무사하니 괜찮다.”

오러 나이트 경지에 있는 아루스이다 보니 슈벤 정도는 아무것도 아니었다. 오우거조차 단칼에 베어 버리는 아루스다. 슈벤 몇백 마리가 일제히 달려들지 않는 한 그에게 생채기 하나 내지 못할 것이다.

"엔더크 남작도 괜찮은 거죠?"

엔더크 남작이 하하 웃었다.

"물론입니다. 면목 없게 황자 전하의 도움을 많이 받았습니다만 다친 곳은 하나도 없습니다."

엔더크 남작도 무사했다. 그러다 아루스는 발렌의 옆에 포드가 없다는 것을 깨달으며 물었다.

"포드는 어디 있는가?"

"저와 저녁에 밖에 나가 술을 마셨는데 술에 취해 잠들어 버려 근처 여관에 따로 재웠습니다."

"드워프는 술이 매우 세다고 들었는데, 꼭 그런 건 아닌 것 같군."

아루스는 차라리 잘된 일이라고 생각하고 있었다. 포드가 이 저택에서 잤다면 위험했을 테니까. 발렌은 다른 이를 찾으려는 듯 주위를 둘러보았다. 그가 누굴 찾는 것인지 눈치 챈 아루스가 안심시켜 주었다.

"누이동생이라면 방 안에 있네."

아루스가 손가락으로 자신의 방을 가리켰다. 발렌이 아루스의 방으로 들어갔다. 그의 말대로 엘리즈는 방 안에 앉아 있었다.

"리즈, 무사했구나."

엘리즈는 피 한 방울 묻지 않은 채 아루스의 방에 가만히 앉아 있었다. 아루스가 엘리즈를 방에 넣고 슈벤을 처치한 것이다. 엘리즈도 발렌과 뒤따라온 이바나를 보고 환한 미소를 지었다.

"발렌, 이비! 무사해서 다행이야."

서로 무사한 것을 확인하고 안도의 한숨을 내쉬며 가슴을 쓸어내리는 그들. 리젠느는 그들을 잠시 바라봤다가 엔더크 남작 앞으로 다가왔다.

"아버지. 슈벤은 모두 처리된 건가요?"

"아마 그럴 것이다. 숨어 있거나 죽은 척하는 녀석들이 있을지 모르니 확인해야겠지만."

"제니와 앤에게 시켰으니 그건 염려하지 않으셔도 돼요."

"그래?"

엔더크 남작은 그렇다면 더 이상 신경 쓰지 않는다는 듯 보였다. 제니와 앤이 어떤 사람들인지 고용인인 그가 잘 알고 있으니까. 겉으로 보이는 것처럼 그들은 매우 성실하고 일을 허투루 하는 적이 없다. 리젠느가 그녀들에게 나머지 녀석들을 맡겼다면 확실히 끝내리라 생각했다.

"엔더크 남작님."

제니의 목소리가 들려왔다. 그녀의 옆에는 앤도 함께 있었다. 그녀들의 옷은 처음 봤을 때보다 더욱 더럽혀져 있었다. 저택 내부에 남아 있는 슈벤을 마저 처리하고 온 것이다.

"저택에 숨어 있던 슈벤을 모두 처리했습니다. 죽어 있는 슈벤의 확인 사살도 모두 마쳤습니다."

엔더크 남작이 일 처리가 빠르고 확실히 하는 그녀들에게 잘했다며 칭찬하고 그녀들에게 보고를 계속해서 들었다.

"저택 밖을 나가 정원을 확인하던 도중 근무를 서고 있던 경비병들의 시체를 발견했습니다. 그들은 이미 슈벤에게 당했는지 죽어 있었습니다. 죽은 모습을 보니 슈벤이 다가오는지 모른 채 당한 것 같습니다."

엔더크 남작의 표정이 어두워졌다. 슈벤은 매우 은밀한 녀석들이다. 어지간한 어쌔신보다 은밀하기로 소문이 난 슈벤. 어둠에 완전히 녹아드는 검은 피부색은 경비병들이 발견하기 어려웠을 것이다. 그가 큰 한숨을 내쉬었다.

"그래, 그들의 유족에게 용감히 싸우다 전사했다고 전하거라. 마땅한 장례식과 보상도 해 주고."

싸워 보지도 못하고 불의의 습격으로 당한 것이지만, 전사자들의 명예를 드높여 주려는 엔더크 남작. 그리고 그가 광기 어린 저택의 복도를 보며 한숨을 내쉬었다. 여기저기 피가 묻고, 슈벤의 시체들도 아무렇게나 널브러져 있는 복도. 한두 마리도 아니고 저택 곳곳에 있을 슈벤의 시체를 모두 치우고, 피까지 닦는 것이 얼마나 힘들지 짐작이 갔다.

"너희들이 고생을 하겠구나."

제니와 앤은 응당 자신들이 해야 하는 일이라는 듯 고개를 숙였다.

＊　　　＊　　　＊

슈벤의 소탕을 마치고, 이번 습격에 대한 비상 업무를 하는 리젠느. 평소보다 많은 수의 슈벤이 쳐들어왔지만, 다행히 큰 피해는 없었다. 저택의 가구가 박살 나고, 불에 탄 것이 전부다. 누군가가 죽을 수도 있는 상황인데 누구도 부상 없이 재산 피해만 조금 있다는 건 다행이다.

이번에 쳐들어온 슈벤은 예상 외로 많았다. 평소에 많아 봐야 스무 마리 정도였는데, 그 두 배를 훌쩍 뛰어넘었기 때문이다. 아무래도 녀석들이 저택을 노릴 때는 숫자가 더 많아야 승산이 있다고 생각했던 것 같았다. 결과적으로 숫자만 많다고 가능한 것은 아닌 걸로 밝혀졌지만 말이다.

'아루스 황자가 있었다는 게 가장 컸지만.'

처들어온 슈벤 중 대다수가 아루스에게 당했다. 아루스는 확실히 오러 나이트급 기사답게 엄청난 맹활약을 한 것이다. 아루스에 대한 애기는 익히 들었다. 대륙 최연소로 오러 나이트에 올라선 이이다. 이 대륙에서 그를 모르는 사람은 없다. 평민들도 아는 사실인데, 그녀라고 모를까.

'하지만 그다음으로 그 녀석이 활약을 했다는 거지.'

발렌시아도 적잖게 활약했다. 위저드급 마법사라면 충분히 사냥할 수 있는 것이 바로 슈벤. 하지만 제아무리 위저드급 마법사라도 메이지급 마법으로 열 마리나 소탕하는 것은 힘든 일이다.

"젠장, 돌팔이 마법사보다 내가 더 약하다니!"

이 무슨 말도 안 되는 일이란 말인가! 리젠느는 자신을 무시하던 발렌의 말이 생각나 다시금 분노했다. 자신이 한 그대로 되돌아온 거지만, 이미 그녀의 머릿속에 자신이 발렌에게 어떻게 대했느냐는 없었다. 돌팔이 마법사라 생각한 발렌이, 자신보다 더 강하다는 것에 분노만 느끼고 있었다.

리젠느는 한동안 자괴감에 빠졌다. 지금까지 자신이 했던 노력이 그의 앞에서 모두 허망하게 되는 것만 같았다.

'언제까지고 여자라고 무시당할 수는 없어.'

여성은 기사가 될 수 없다는 법은 없다. 그래서 여기사가 있기는 하지만, 소수에 불과하다. 거기다 여자가 기사가 됐다고 무시당하는 경우도 허다하다. 리젠느는 그런 경우를 많이 봤다. 언제까지 이렇게 무시당하고 살 수는 없다. 이것을 바꾸고자 부단히 노력했는데, 발렌을 보자니 허망하게 느껴졌다.

그녀는 머리를 식혔다. 그리고 냉정히 생각했다. 어떻게 그가 메이지급 마법으로 열 마리나 되는 슈벤을 소탕할 수 있었는지. 그가 슈벤을 사냥했던 걸 다시 곱씹어 보았다.

'정확도가 뛰어났어.'

그녀가 아는 파이어 애로우는 정확히 대상에게 날리는 것이 아닌, 주변으로 공격을 퍼트려 불특정 다수에게 공격을 가하는 마법이다. 하나 발렌의 파이어 애로우는 정확성이 있었다. 많은 수의 파이어 애로우를 목표물에 적중시켰다.

'거기다 마력은?'

그의 마력은 보통의 것이 아니었다. 과거 연회에서 자신에게 추파를 던지다 거절당하자 성적 모욕감을 준 인근 영지의 발레트 남작가의 자제와 시비가 붙었다가 결투까지 이어진 적이 있었다. 그게 일 년 전 일이다.

그때 그녀는 위저드급 마법사인 발레트 남작가 자제와 싸웠기에 그 힘을 목격했었다. 결과는 리젠느의 승리였다.

경지로는 리젠느가 아래였지만, 발레트 남작가의 자제는 그녀가 여성이라는 것에 크게 방심하고 있었다. 이것이 승리의 큰 요인이었다.

그때 본 발레트 남작가 자제의 힘은 발렌시아와 달랐다. 상대가 여성이니 봐 주겠다며 결투에서 메이지급 마법을 썼었다. 하지만 발렌과 비교할 수 없을 정도로 약했던 발레트 남작가의 자제. 하지만 발렌은?

'그 위력이 두 배, 많게는 세 배 정도 강했던 것 같아.'

파이어 애로우가 한 발, 한 발 위력적인 모습을 띤 건 처음 봤다. 이 경우는 두 가지가 있다.

첫 번째는 발렌의 경지가 위저드가 아닌 아크 메이지라는 것이다. 하지만 너무 허무맹랑하다. 위저드에 몇 달 만에 오른 것도 이상한데 아크 메이지라니. 아크 메이지라면 현재 세인브리트 마탑의 부탑주 정도의 실력이란 소리다. 마법 매개체로 드래곤 하트라도 먹지 않는 이상 불가능하다. 당연히 몇백 년 전 멸족한 드래곤의 하트를 구하는 건 불가능하기에 현실적으로 말도 안 되는 소리다. 애초에 드래곤이 멸족하지 않았어도 드래곤 하트를 그가 구할 수 있을 리 없다.

'그럼 나머지가 가장 현실적인 방법이다.'

두 번째, 그가 마나를 다루는 능력이 뛰어나다는 것.

"……."

마나를 다루는 것은 마법이나 오러를 배우는 이들이라면 누구나 할 수 있는 것이지만 그걸 얼마나 잘 다루느냐의 차이가 중요하다. 그 요령 혹은 비법이 분명 있을 것이다. 마법사나 기사나 마나를 다루게 되면 그 요령과 비법이 있어야 한다.

그 비법만 알 수 있다면 충분히 가능성 있지 않은가. 리젠느는 발렌이 온 첫 날 저녁 식사 때, 마이셀 가문이 어떤 곳인지 듣고 조사를 해 알 수 있었다. 마이셀 가문 대대로 내려오는 비전이 있다는 것. 하나같이 둔재만 태어나는 가문인데 한 명의 마법사 몫을 할 수 있게 해 주는 것은 바로 그 비전이 있기 때문이라고. 그 비전을 알아낼 필요가 있다. 하지만 그것을 아는 것은 오직 발렌 밖에 없었다.

'쉽게 알려 주지는 않겠지.'

아무리 평민이었다고 해도 비전이 얼마나 소중한 것인지 모르지 않을 것이다. 비전 하나 때문에 목숨을 내거는 가문이 엄청나게 많으니까. 그 비전을 얻기 위해서는 그가 원하는 것이 필요했다.

'내가 내걸 것은…….'

협상으로 내걸 것은 있었다. 발렌이 이 영지로 왔을 때부터 원하던 것이 있지 않았던가!

*　　　*　　　*

　슈벤의 시체를 모아 보니 저택을 습격한 녀석들의 수가 쉰 마리가 조금 넘는다는 것을 알게 되었다. 슈벤의 시체는 꽤 돈이 된다. 어느 몬스터나 그러하듯 마법적인 가치가 있기 때문에 부수적인 수입이 되는 것이다. 엔더크 남작령에 있는 몬스터의 숲에는 슈벤이 많이 살고 있어 흉년이 들었을 때도 슈벤을 소탕해서 부족한 돈을 채우기도 한다. 슈벤은 의외로 고위 마법사들의 실험체로 많이 쓰이고 있다.

　살아 있는 것은 더더욱 비싸지만, 죽은 것들도 꽤나 고가에 팔린다.

　"엔더크 남작님."

　"무슨 일이신지요, 미스 엘로이?"

　"혹시 한 마리는 제가 가져도 되겠습니까?"

　"미스 엘로이께서 원하신다면야."

　엔더크 남작은 흔쾌히 승낙했다. 마법사들의 연구 재료로 쓰이는 슈벤. 인간과 유사한 점이 많기 때문에 녀석들로 하여금 실험을 하기도 한다. 이바나도 혹시 하고 싶은 실험이 있을지 모른다는 생각이 들었다.

　하녀들에게서 그녀가 방 안에서 뭔가를 적고 있다는 것

을 듣고 마법 실험으로 생각한 것이다. 마법사들은 자신의 실험하려는 내용을 가족이나 스승에게도 보여 주지 않으려 한다고 들었다. 그녀도 마찬가지라 생각했다.

이바나가 감사하다고 인사하며 절단된 부분들만 따로 모았다. 이를 보고 엔더크 남작이 의아한 듯 바라보았다.

"온전한 슈벤을 가져가셔도 됩니다만?"

상태가 좋은 게 더 비싸게 팔리기는 하지만, 딱히 돈에 시달리는 것도 아니니 괜찮다. 무엇보다 이바나는 발렌의 벗이기도 했다. 엔더크 남작은 주군의 벗의 부탁을 못 들어 줄 정도로 매정한 사람은 아니었다.

"아뇨. 이걸로도 충분해요. 어차피 해부할 건데 미리 절단된 녀석이면 편하죠."

"그렇군요."

이바나가 구체적으로 무슨 생각을 하는지 모르지만 마도구 관련해서 실험품으로 쓸 것이라고 발렌은 유추했다. 이바나라면 충분히 그러고도 남았다. 눈빛이 초롱초롱하고 입가에 미소가 떠나가질 않는 것이 그 증거다. 이론을 정립하느라고 머리를 감쌌던 그녀가 연구할 재료를 공수했으니 당분간 심심해하지는 않을 것 같았다. 다만 엔더크 남작은 이바나가 부탁을 했지만 폐를 조금이라도 덜 끼치고 싶어서 가치가 떨어지는 절단 부분을 가지고 간 것이라고 오해

한 듯 흐뭇한 미소로 발렌을 바라보았다.

"발렌시아 님의 옆에는 좋은 분들이 많이 계시는 것 같습니다."

발렌은 뜬금없이 무슨 말이냐는 듯 고개를 갸웃거렸지만, 엔더크 남작은 말해 주지 않았다. 발렌은 별말 아니겠지 생각하며 대걸레로 바닥의 피를 닦아 내고 있었다. 제니와 앤 둘이서 하기에 힘들 것 같아 발렌도 일을 거들어 주고 있는 것이다. 엘리즈와 아루스도 돕겠다고 했지만, 발렌이 말렸다. 그들에게 이런 일을 시킬 수 없다고 생각한 것이다.

엘리즈와 아루스는 청소를 돕지 못하는 것이 미안한 듯 슈벤의 사체를 정리하는 것을 도와주었다. 슈벤의 사체는 핏자국으로 쉽게 찾을 수 있어 한곳에 모아 두는 것은 어렵지 않았다.

"발렌시아님. 이 일로 제가 따로 해야 할 것이 생겼는데, 잠시 자리를 비워도 괜찮겠습니까?"

발렌은 당연하다는 듯 고개를 주억였다.

"슈벤의 일도 일이지만, 영지를 운영하는 게 더 힘들잖아요. 이런 일로 지체되는 게 오히려 영지에 손해일 거예요. 그리고 이런 불상사로 생긴 일도 빨리 처리해야 할 테고요."

엔더크 남작이 머리를 긁적였다. 발렌의 말은 틀린 것이 없다. 일분일초가 늦어지는 것은 그만큼 손해로 작용한다. 영지를 운영하는 것은 휴일이 없다. 항상 일이 있으며 영지민들이 필요한 것에 대한 내용의 서류와 그 외에도 여러 결재할 서류가 매일 오기 때문이다.

"일해도 괜찮겠습니까?"

"그런 것까지 제게 허락을 구하시나요?"

해야 할 일이 다르다. 애초에 영주로 있는 그에게 가장 우선해야 할 것이 영지와 관련된 업무이다. 허락을 구할 필요도 없는 일이다. 그가 해야 할 일이 있다면 하면 되는 것이다.

"알겠습니다. 혹시 필요하시면 말씀해 주십시오. 제가 사람을 따로 부르겠습니다."

발렌이 알겠다고 대답하자 엔더크 남작이 인사하며 집무실로 향한다. 발렌은 남아서 대걸레를 든 채 벽과 바닥에 있는 슈벤의 피를 닦아 냈다. 양동이에 담긴 물과 대걸레는 금세 붉게 물들었다. 발렌은 몇 번이나 물을 길러 오고, 버리고, 걸레를 빨면서 청소를 진행했다. 그렇게 얼마나 시간이 지났을까. 청소가 끝난 것은 아침 식사 때가 되고 나서였다. 새벽에 시작한 일이 날이 밝아서야 끝이 난 것이다. 발렌이 맡은 구역 청소가 다 끝났을 때, 제니와 앤이 그에게 다가왔다.

"고생하셨습니다, 발렌시아 님."

제니와 앤이 깨끗해진 주위를 보고 발렌의 청소 실력에 감탄했다. 도서관에서 대청소로 단련된 발렌에게 이 정도 규모의 청소는 아무것도 아니다. 도서관보다 작은 저택. 피를 닦아 내야 하는 게 힘든 일이기는 하나, 이보다 할당량이 많은 발렌에게는 쉬운 일이었다.

"정말 대단하시군요, 알슈타이트 경? 제니와 앤에게 뒤떨어지지 않게 가사 노동을 잘하시고."

슈벤을 소탕하고 어디론가 사라졌던 리젠느가 다시 나타났다. 발렌은 리젠느가 자신을 비꼬는 것에 피식 웃었다.

"시비를 걸려고 온 건가요?"

"아뇨, 잠시 일을 하고 방에 가던 길에 들른 것뿐입니다. 겸사겸사 안내해 드릴 곳도 있고요."

안내? 발렌은 잠깐 생각하다가 리셋이 되고 마을 안내를 받지 않았다는 걸 기억해 낼 수 있었다. 그녀는 여전히 자신에게 영지를 나가라고 말하려고 하는 것이다. 평화로운 마을을 보여 주고 이곳이 불바다가 되었을 때를 상상하라면서.

"목숨 빚을 졌다고 해도 영지를 나가라는 부탁은 들어줄 수 없어요."

"예, 저도 기대도 안 했습니다. 제가 대신 슈벤 소탕을
도우라고 말했으니 그 일로 두말하지는 않겠습니다. 감기
도 나으신 듯하니 잠시 밖에 나가시겠습니까? 다른 할 말
도 있습니다."

다른 할 말? 영지에서 나가라는 것 말고 다른 할 말이 뭘
까. 발렌은 일단 고개를 끄덕였다.

*　　*　　*

다시 한 번 리젠느의 마을 안내를 받게 된 발렌. 이번에
는 저번과 약간의 차이점이 있었다. 마을을 구경시켜 주는
것이 아니라 사람들이 적은 곳으로 안내하고 있는 것이다.
마녀의 숲이 보이는 언덕 위로 올라온 발렌과 리젠느. 그녀
가 마녀의 숲의 우거진 초목을 바라보며 말했다.

"이런 곳에 단둘이 온 것이 이상했나요?"

"상당히요."

발렌은 형식상 아니라고 말하지 않고 솔직히 말했다.

"제가 마을을 안내해 준다고 했을 때 무슨 생각을 하셨
죠?"

"마을을 보여 주고 영지에서 떠나라고 설득할 줄 알았습
니다."

“슈벤이 쳐들어오기 전에 생각했던 거지만, 지금은 아니에요.”

발렌은 직감적으로 상황이 변했다는 걸 깨달을 수 있었다. 무슨 이유인지 모르지만 그녀는 마을에서 떠나라고 설득하는 것이 아니라, 그를 다른 이유로 이곳에 데리고 온 것이다. 그 예로 마을을 자세히 구경시켜 주지 않았다.

“이곳은 제가 수련하는 공간이에요.”

매일 아침 밖으로 나가 수련한다는 것은 들어서 알고 있다. 하지만 이곳이 그녀의 수련장을 겸하는 곳이라는 건 전혀 몰랐다. 그러고 보니 이 언덕 군데군데 발자국이 찍혀 있었다. 다른 사람의 발자국도 있지만, 대부분 한 명의 발자국이었다.

“절 이곳으로 데려와 하려는 말이 뭐죠?”

발렌은 단도직입적으로 물었다.

“바로 본론이라니. 말씀드리도록 하죠. 저도 시간을 오래 끄는 건 성미에 맞지 않으니까.”

차라리 잘됐다며 그녀가 입을 열었다.

“고작 몇 달 밖에 마법을 배우지 않았으면서 위저드급 마법사가 된 것이 흥미롭더군요.”

발렌에 대해 조사하면서 리젠느는 그것에 가장 호기심을 두고 있었다. 발렌은 그녀가 말하고자 하는 게 무엇인지 대

충 눈치챌 수 있었다. 그리고 그의 생각 대로 그녀가 물었
다.

"검만 익힌 저는 마법에 대해 잘 모르지만, 한 가지 확실
한 건 검이든 마법이든 고작 몇 달 만에 높은 경지에 이를
수 있는 게 아니라는 거죠."

마법이라고 차별이 있겠는가. 검이든 마법이든 그에 걸
맞은 노력과 시간이 필요하다. 그가 마법적 재능이 없다는
것은 이미 조사한 바로 다 알고 있다. 그러나 그는 재능이
없음에도 몇 달 만에 위저드급 마법사가 되어 한 명의 마법
사로서 활약하고 있다.

"세간에는 마법 매개체를 썼다고 알려졌지만, 전 그 말
을 믿지 않아요. 극악한 확률을 뚫고 정말 성공했다고 해
도, 마법 매개체로 마법사가 되는 것은 매우 드물다는 것은
저도 잘 알고 있으니까요."

그것은 기사도 마찬가지다. 무투기를 사용하고, 검에 오
러를 만들어 내려면 마나를 체내에 쌓아야 한다. 단지 마나
를 단전에 쌓느냐, 심장 주위에 쌓아 서클을 만드느냐의 차
이일 뿐.

"제게 알려 주세요. 어떻게 그렇게 빠르게 성장할 수 있
게 된 거죠?"

"제가 알려 줘야 될 이유는 없지 않나요?"

"알려 주신다면 제가 알슈타이트 경께 협력하도록 하죠.
어때요?"

그녀는 발렌에게 협력하는 조건을 내걸고 있었다. 발렌
은 기가 찬 얼굴로 그녀를 바라보았다. 그녀의 눈빛은 진심
이었다. 알려 주면 정말로 협력하겠다는 듯 보였다. 그러
나 발렌은 말해 줄 수 없었다. 아니, 말해 준다고 해도 믿지
않을 것이다. 설사 믿어 준다고 해도 그녀는 절대 따라하지
못한다.

"저도 죽도록 노력하고 있어요. 아버지의 업무를 도우면
서 검을 잡고 이만큼 성장했죠. 하지만 지금 벽에 부딪쳤어
요. 제2 황자 전하께서는 저와 같은 벽에 부딪친 적은 없는
듯하니 알슈타이트 경께 묻는 거예요."

천재는 남을 가르치는 것을 잘 못한다. 아루스가 그러했
다. 아루스는 어렸을 적부터 재능이 뛰어나 지금은 대륙 역
사상 최연소로 오러 나이트가 되지 않았던가.

"그걸 왜 제게 묻는 거죠? 검에 대해 기본적인 것은 알
지만, 기사에게 조언해 줄 수 있는 만큼 아는 건 아니에
요."

검을 배우려면 차라리 아루스에게 부탁하는 게 훨씬 낫
다. 물론 황자라는 신분이니 가르쳐 달라고 하기도 좀 그런
것도 사실이지만, 차라리 마법사인 발렌에게 물어보는 것

보다는 현실적이다. 굳이 자신에게 그것을 묻는 것을 이해
할 수 없었다.

"평생이 걸려도 메이지급 밖에 되지 못할 거라고 평가받
던 알슈타이트 경께서 몇 달 만에 위저드급이 된 건 분명
뭔가가 있을 거라고 생각했어요."

"죽도록 노력하세요."

말해 주지 않겠다는 의미로 받아들인 리젠느는 날 선 눈
으로 그를 노려보았다.

"……돌팔이 마법사 주제에."

태세가 순식간에 변화했다. 명백히 발렌을 깎아내리는
말이다. 평소 같았으면 무시했겠지만, 리젠느의 말은 여기
서 끝나지 않았다.

"죽을 만큼의 노력도, 고난도 없이 높은 경지에 오른 주
제에."

그 말에 발렌의 인상이 찌푸려졌다. 다른 건 그냥 무시하
고 넘어가려고 해도 그 말은 참을 수 없었다.

"내가 당신에 대해 모르는 것처럼 당신도 나에 대해서
하나도 모르고 있으면서 깎아내리는 건 하지 말아 줬으면
좋겠는데. 당신이 나에 대해 뭘 알기에 그런 말을 지껄이는
지 모르지만, 난 당신이 생각하는 것 이상으로 노력했어."

리젠느가 비웃었다.

“고작 몇 달 가지고?”

“그래, 당신에게는 고작 몇 달이겠지.”

시기상으로는 발렌이 마법을 배운 지는 고작 몇 달이다. 하지만 그는 고작 몇 달로 치부할 만큼만 수련한 것이 아니다.

수련만 무려 몇십여 년. 시간이 얼마나 흘렀는지 정확히 모르지만 그녀가 상상하는 것 이상으로 고통을 감수하고 꾹 참으면 목표를 위해 달렸다. 그녀는 제아무리 조사해도 이를 알아낼 방도가 없고, 절대 따라할 수도 없을 것이다.

죽음을 계속 겪고, 겪지 않아도 임무가 떨어진 그 이튿날이 되려고 하면 다시 리셋 된다. 발렌도 처절한 시기를 겪었다. 아니, 겪고 있다. 보나바르의 저주는 평생을 따라간다고 본인이 직접 쪽지로 남겼다. 그에게 족쇄처럼 풀어지지 않을 것이다.

“고작 몇 달. 십여 년을 수련한 당신과 달리 단기간에 올라왔다고 느끼겠지. 하지만 당신은 아무것도 몰라. 내게 무슨 일이 있었는지, 또 내가 어떤 일을 겪고 있는지.”

자신에 대해 조사했어도 단기간에 어떻게 그리 빨리 올렸는지 알아낼 방도는 없을 것이다. 그가 이렇게 할 수 있었던 계기는 단 하나. 흑마법사 때문이었다.

자신의 고향 아올란 마을 사람들, 그리고 가족을 흑마법사들의 마수에서 지키기 위해서! 기존에 있던 초기 형태의 마나 엔진을 마이셀 비전으로 변형시켰고, 그 후로 수십 년을 복수와 고독을 곱씹으며 수련하여 위저드가 될 수 있었다.

힘들고, 지치고, 포기할까도 생각했지만 목적을 다시 떠올리고, 흑마법사에게 향한 원한을 잊지 않고 칼을 벼렸다. 더 이상 물러날 수 없다고 각오를 몇 번이나 다지고 죽을 각오로 버텼다. 끈질기게 노력하고 또 노력한 결과였다.

"시국이 이렇고, 마탑주가 직접 마법 매개체를 썼다고 말했으니 어영부영 넘어갔지만, 난 믿지 않아. 당신은 분명 뭔가 비법이 있어."

"말해 주지 않겠다면?"

"비법을 남에게 알려 주는 게 쉬운 일이 아니라는 것은 잘 알아. 특히 마법사라면 더더욱. 나도 조건 없이 무작정 말한 것은 아니야."

그녀가 양팔을 벌렸다.

"내게 그 비법을 알려 준다면, 내가 할 수 있는 걸 무엇이든지 해 줄게. 내 협력을 원해? 그래, 협력해 줄게. 그거면 서로 이해관계가 성립되지 않아?"

그녀는 뭔가에 쫓기는 듯이 보였다. 너무 광적으로 힘을 원해 제정신이 아닌 것처럼 보인다. 모든 게 모순투성이다.

"아니면 다른 걸 더 요구하고 싶은 거야? 그래, 그럴 줄 알았어. 그럼 하나 더 추가해서…… 나는 어때?"

"……."

발렌이 멍한 얼굴로 그녀를 바라보았다.

마치 힘을 기를 수 있는 방법이라면 악마에게 혼이라도 팔 것처럼 눈빛이 장난 아니었다.

그녀는 자신 있다는 듯 보였다. 실제로 그녀는 자신감이 있었다. 엘리즈에 비하면 예쁘지는 않지만, 그래도 남자들을 유혹할 자신이 있었다.

발렌도 한 명의 남자라면 거절하지 않을 거라고 생각했다. 아름다운 여성이 대놓고 이렇게 말하는데 거절할 남성은 몇이나 있을까. 무엇보다 발렌이 아루스 황자를 돕기 위해서는 이 영지의 힘이 필요하다. 모든 조건이 리젠느에게 유리하다. 그도 여러 가지 상황을 볼 때 거절하기 힘들 것이라 생각했다. 그러나 발렌의 대답은 리젠느가 생각한 것과 전혀 달랐다.

"미안하지만 난 그런 비법 따위는 없어."

"뭐야, 아직도 이해하지 못한 거야? 직접적으로 말해줘? 네가 날 품을 수 있다니까? 네 마음대로, 내킬 때, 언제든!"

"내가 바보도, 고자도 아니고 그 의미를 모를 것 같아?"

발렌은 기가 찬 얼굴로 그녀를 바라보았다. 발렌도 건장
한 남성이기에 그 의미가 뭔지 모를 리 없다. 하지만 그녀
의 망가진 모습을 보니, 그런 생각이 들다가도 사라질 것
같았다. 그녀에게 무슨 심경 변화가 있었는지 모르지만, 그
동안 쌓이고 쌓인 게 폭발해서 갑자기 이렇게 되었을 거라
추측했다.

"정말 없어서 하는 말이야. 죽을 만큼 노력하고 고뇌하
는 게 답이야. 자신에게 부족한 건 뭔지, 무엇이 안 되는 건
지. 이건 마법사나 기사나 비슷하지 않아?"

마법과 검은 명백한 차이가 있지만 마나를 다루고 경지
를 높이는 것에는 어느 정도 공통점이 있다. 방향성과 생각
이 다를 뿐이다.

"고작 몇 달 만에 강해진 당신이 몇십 년 동안 죽을 만큼
노력해도 제자리걸음인 날 어떻게 이해해!"

리젠느가 울분을 토하듯 갑작스럽게 소리쳤다. 지금까지
쌓였던 자신에 대한 회의감이 그를 계기로 터져 버린 것이
다.

"난 약해. 약하다고! 돌팔이 마법사라 생각했던 네놈이
나보다 강해서 분해 죽겠어!"

"그래, 당신은 약해."

분하다는 듯 입술을 깨물자 피가 흘러내렸다. 그러나 그

녀는 고통을 모르는 듯, 피가 나오는 것도 모르는 것 같았다. 그렇다고 발렌은 주머니에 있는 손수건을 꺼내 닦아 줄 생각도 하지 않았다.

"그리고 각오도 부족해."

"각오가 부족하다고? 내가 어딜 봐서? 난 강해지기 위해서라면 죽음도 두렵지 않아!"

"그게 각오가 부족하다는 거야."

발렌은 그녀의 말에 반박했다. 반박당한 리젠느가 더욱 무섭게 째려보았다. 자신의 각오를 부정하는 것이 내키지 않은 것처럼 보였다. 그러나 발렌은 답답할 정도로 강함에 집착하는 그녀를 예전의 자신과 겹쳐 보았다.

"난 당신이 생각하는 것 이상으로 많은 일을 겪었어. 살려고 발악했어. 발악하고, 발악하고, 또 발악했지. 도대체 몇 번이나 발악했는지 나도 셀 수 없이 말이야. 그리고 어느 날 나도 힘을 필요로 하게 됐어. 내 약함을 알고 수련에만 매진했지. 복수를 위해서."

복수라는 말에 리젠느가 움찔거렸다. 순간 그에게서 엄청난 박력이 느껴진 탓이다. 마치 자신이 맹수 앞에 놓인 토끼 같았다.

"당신은 자신의 약함을 부정하고, 강해질 생각만 하는 게 얼마나 어리석은 행위인지 몰라."

마나만 느낄 줄 알았던 당시의 발렌은 어딘가 모난 것처럼 강해지기 위해 수련에 광적으로 파고들었다. 발렌도 처음에는 무작정 강해질 생각만 했다. 수련을 통해 강해지고 있다는 걸 느끼고 흑마법사들에 대한 복수를 할 수 있다는 것에 더욱 불타올랐었다. 그러나 그것은 나중에 그에게 독이 되어 돌아왔다. 강해지고 싶은데 벽에 부딪친 것이다.

어느 순간 구멍 난 둑에 물을 들이붓는 것처럼 경지가 더 이상 늘어나지 않았다. 끈기를 가지고 인내하고 고독을 씹으며 참았지만 그것이 오랫동안 지속되니 발렌은 방황했다. 그러나 그는 시이나의 조언을 듣고 다시 생각하게 되었다. 그리고 그 결과 벽을 허물고 위저드가 될 수 있었다. 시이나가 해 준 조언은 그리 대단한 건 아니었다. 지금의 리젠느는 그때의 자신과 너무나 비슷하게 보였다.

"당신은 자신을 틀에 가두고 있어. 자신의 약함도 포용하고 때로는 그 약함을 인정할 줄도 알아야 해. 강해지는 게 나쁜 건 아니야. 하지만 약함을 인정하지 못하는 당신은 절대 강해질 수 없어."

그 말을 듣는 순간, 리젠느의 입이 크게 벌어졌지만 목소리가 나오지 않았다. 곧 그녀가 입을 꾹 다물었다. 뭔가 말하고 싶은데 말이 나오지 않았다. 그저 입술을 꽉 깨물었다. 그녀는 분노로 일그러진 얼굴로 발렌을 바라보았다.

“무슨 말인지 전혀 모르겠어. 얼른 내게 말해 줘. 진짜 무슨 비법이 있을 거 아냐? 응? 내가 이렇게까지 말하는데 정말 안 들어줄 거야?”

그의 말이 그녀에게 닿지 않은 듯싶다. 자신과 비슷했던 상황에 빠진 그녀를 동정해서 길을 열어 주려고 했더니 그것조차 듣지 않으면 소용이 없다. 발렌은 그녀는 결국 여기까지밖에 안 되는 사람이라고 생각했다. 지금 이것으로 그녀에 대한 모든 평가를 마쳤다.

“당신은 모순 덩어리야. 영지를 위해, 영지민을 위해 날 내쫓겠다는 그 말, 이제 더 이상 안 믿어. 그저 날 영지에서 내보내기 위한 포장이었을 뿐이었어.”

진심이라 생각했는데, 알고 보니 그저 포장지에 가려진 것이었을 뿐이다. 영지민들을 최우선으로 생각하는 것 같지만, 강해지기 위해서 무엇이든 바칠 수 있는 것이다. 설령 전쟁으로 인해 영지가 불바다가 되는 한이 있더라도 말이다.

리젠느 본인조차 가려진 추악한 모습을 몰랐기에 발렌이 깜빡 속아 넘어간 것이다. 그녀도 결국 대의보다 개인의 욕망을 쫓는 사람이었을 뿐이다.

“흑마법사를 제외하고 남에게 이런 생각을 한 적은 없는데, 당신은 정말이지…….”

발렌이 말을 끊다가 다시 그녀를 바라보며 말한다.

"역겨워."

그 말로 인해 그녀의 몸이 정지했다. 그녀가 이를 바득바득 갈았다. 눈에는 충혈이 일어나고, 이마에는 핏대가 세워지고. 역겹다는 그 말 한 마디에 그녀의 이성의 끈이 끊어졌다.

"으아아아아! 발렌시아!!"

리젠느가 소리를 지르며 발렌을 향해 달려들었다.

*　　*　　*

저택 집무실. 남작은 슈벤의 사체를 모두 처분하고 재정을 확인하고 있었다. 누군가가 집무실을 노크를 했다.

"영주님, 제니입니다."

하녀인 제니였다. 그가 문으로 시선을 향하며 물었다.

"무슨 일이냐?"

"카벤 마을 촌장이 영주님을 뵙기를 원하고 있습니다."

"촌장이? 안으로 들어오도록 하라."

엔더크 남작의 허락이 떨어지기 무섭게 문이 벌컥 열리더니 엔더크 남작의 앞으로 촌장이 달려왔다.

"아이고, 영주님. 큰일 났습니다!"

“무슨 일인가?”

카벤 마을 촌장은 한겨울임에도 땀을 뻘뻘 흘리고 있었다.

“그게, 그러니까!”

“진정하고 숨 좀 고르며 말하시게. 혹시 슈벤이 마을에 숨어 있던 것이냐? 아니면 습격을 해 왔다든가?”

촌장은 그게 아니라는 듯 고개를 저었다. 하고 싶은 말은 있는 것 같은데 마음이 앞서고 숨이 너무 가빠서인지 말을 버벅거리던 촌장. 숨을 고른 촌장이 힘겹게 말을 이었다.

“아, 아가씨하고 저택에서 지내고 있는 그 갈색 머리 남성분이 싸우고 있습니다!”

“……뭐?!”

엔더크 남작이 자신의 귀가 잘못된 게 아닌지 의심했다. 저택에서 지내고 있는 갈색 머리 남성은 발렌시아밖에 없었다. 리젠느와 발렌시아가 싸우고 있다니? 그게 무슨 황당한 소리란 말인가.

“이 저택에서 지내고 있는 그분이 확실한가?”

갈색 머리의 남성은 이 마을에도 많다. 리젠느가 마을 사람과 싸우는 것도 믿을 수 없는 일이지만, 발렌과 싸우고 있다는 것은 더더욱 믿을 수 없는 얘기였다.

“예, 확실합니다. 제 눈으로 똑똑히 봤습니다.”

“어째서 싸우는 것이냐?”

“저도 잘 모르겠습니다. 그저 아가씨가 계속 돌팔이 마법사라고 소리 지르면서 칼부림을 하고 있습니다.”

“뭐, 뭣? 칼부림?!”

처음에는 그저 말싸움 정도로 생각했는데 칼부림이 일어나고 있다는 말에 화들짝 놀라 자리에서 일어난 엔더크 남작. 무엇보다 돌팔이 마법사란 말에 확신하게 되었다. 현재 이 영지에 있는 갈색 머리 마법사는 발렌이 유일했다. 엔더크 남작이 촌장의 어깨를 붙잡았다.

“말해 주게. 그곳이 어디인가!”

*　　*　　*

휘리릭!

바람이 노래를 부르는 듯 리젠느의 칼이 현란하게 움직인다. 대기를 가르며 발렌에게 향하는 레이피어. 발렌이 소리쳤다.

“쉴드!”

무투기까지 사용하면서 레이피어로 발렌을 공격해 오는 리젠느. 그러나 그녀의 공격은 발렌의 쉴드 앞에 계속 막히고 있었다.

“발렌시아!”

그녀는 살의를 담아 레이피어를 휘두르고 있었다. 명백히 죽이려는 것이다.

‘곤란한데.’

발렌은 쉴드 안에서 그녀의 검술이 꽤나 날카로운 것에 인상을 찌푸렸다. 얼마간은 버틸 수 있을 것 같지만, 쉴드에 점차 금이 가기 시작했다.

“돌팔이 마법사! 이 돌팔이 마법사가!”

그녀의 원망 가득한 외침이 쉴드 안까지 전해졌다. 지금까지 그녀를 침착한 사람이라고 생각했는데, 오늘따라 하나부터 열까지 달라 보였다. 갑자기 비전을 알려 달라며 접근해 온 것도 그렇고, 그 대가로 영지와 자신의 몸까지 내건 것을 보면 말이다.

‘그녀의 신경을 자극할 만한 말을 한 건가?’

그게 뭔지는 잘 모르겠다. 역겹다는 말이 좀 심하기는 하나, 그 정도로 칼부림을 할 사람은 아닐 것 같았다. 그럼 다른 뭔가가 있다는 뜻인데, 잘 모르겠다. 일단 눈앞의 일부터 걱정하기로 했다.

쨍강!

결국 그녀의 맹공에 버티지 못한 쉴드. 부서진 쉴드가 마나가 되어 공기 중으로 흩어지고, 다시 한 번 레이피어가

발렌의 몸을 향해 찔러 들어온다. 그의 입이 쉴 새 없이 움
직였다.

"마나 애로우."

살상력보다 고통을 주고, 견제하는 위주의 공격 마법인
마나 애로우. 마나 애로우가 그녀의 몸에 하나둘씩 박힌다.
리젠느는 오러가 씌워진 레이피어를 휘두르며 마나 애로우
를 허공에서 베어냈지만 그 수가 많았다. 마나 애로우가 그
녀의 몸 곳곳을 강타했다.

퍽! 퍽!

마나 애로우가 그녀의 몸에 여러 차례 타격을 가하며 요
란한 소리가 울려 퍼진다. 그녀가 그에 맞고 뒤로 넘어졌지
만, 다시 자리에서 벌떡 일어나 발렌을 노려보았다.

'지독하다, 지독해.'

발렌은 기가 찬 얼굴로 그녀를 바라보았다. 리젠느는 여
전히 그를 죽일 듯 노려보고 있었다. 참으로 지독하다 싶었
다. 쉽게 진정될 것 같지는 않았다. 기절시키거나 슬립 마
법으로 재우는 방법밖에 없을 것 같다.

'그녀의 상태를 보았을 때, 슬립 마법이 통할 것 같지 않
아.'

슬립 마법은 상대가 방심했을 때, 마음이 편한 상태로 있
어야 통하는 마법이다. 억지로 마나를 더 쏟아부어 강제로

재울 수 있지만, 그녀의 상태로 봤을 때 쉽지 않을 것 같았다. 기절시키는 게 현명할 것 같았다.

그런 생각이 들기 무섭게, 발렌의 입이 쉴 새 없이 움직였다. 그의 주위로 마나가 떠돌며 빠르게 회전한다. 마나 엔진이 가속한다. 마나 배열이 빨라지면 빨라질수록 발렌의 입도 빠르게 움직인다. 그의 주위로 마나가 떠도는가 싶더니, 점차 그 양이 늘어난다.

"검 내려놓는 게 좋을 거야. 다치기 싫으면."

발렌의 마지막 경고. 이 정도만 해도 충분히 그녀가 위협을 느껴 물러나리라 생각했지만, 그의 생각과 달리 리젠느는 분노에 이성을 잃은 듯했다. 그녀는 물불 가리지 않고 그에게 달려들고 있었다.

발렌은 가차 없이 손가락을 그녀에게로 향했다. 그의 주위에 떠돌던 무수한 마나가 화살처럼 빠르게 그녀를 향해 날아간다. 무차별적으로 한바탕 쏟아 붓는 소나기처럼 그녀의 몸을 때리는 마나 애로우.

마나 애로우가 모두 떨어지고, 발렌이 터벅터벅 앞으로 다가갔다. 리젠느는 확실하게 기절한 듯 대지 위에 대자로 누워 있었다. 발렌은 머리를 쓸어 올렸다.

"사람 귀찮게 하고 있어."

발렌이 혀를 차며 기절한 그녀를 내려다본다. 그녀는 기절한 상태에서도 손에서 레이피어를 놓지 않았으며 억울한 듯 눈물을 흘리고 있었다. 그러나 발렌은 그녀를 오랫동안 바라보지 않았다. 언덕 위로 올라오고 있는 사람들을 발견했기 때문이다. 엔더크 남작과 하녀들이었다. 그 옆에는 이 마을 촌장도 함께 있었다.

엔더크 남작은 상황이 끝난 것을 확인하고 엉망진창이 된 자신의 딸을 보고 숨을 헛하고 들이켰다. 발렌이 일절 봐주지 않았다는 것을 증명하듯 그녀의 상태가 엉망이다. 그녀가 가볍게 입고 있던 방어구는 깨져 바닥에 파편이 아무렇게나 널려 있고, 흙먼지가 묻어 있었다.

엔더크 남작은 시선을 곧 발렌에게로 향하며 고개를 숙였다.

"죄송합니다, 발렌시아 님. 제 딸이 무례를 저질렀습니다."

엔더크 남작이 발렌에게 고개를 숙였다. 어떤 일이 있었는지 대충 들은 것 같으니 발렌이 물었다.

"그녀를 어떻게 하면 좋을 거라 생각하세요?"

"발렌시아 님께서 명령하시는 대로 따르겠습니다."

"지금 이건 무슨 죄죠? 신분으로 따지면 그녀가 위잖아요."

그녀는 귀족, 발렌은 준귀족. 신분으로 따지면 그녀가 당연히 위이다. 그녀의 죄를 처벌할 수 있는 방법은 없어 보였으나, 엔더크 남작이 그에게 부복했다.

"전 발렌시아 님께 충성을 맹세했습니다. 제 주군을 욕되게 하였으며 가문의 명예까지 실추시켰습니다. 그 죄는 제 혈육이라 할지라도 죽음뿐입니다."

엔더크 남작은 정말 리젠느를 죽일 생각인 것 같았다. 귀족가는 명예를 아주 극진히 챙겨, 가문의 명예를 실추시킨 자가 혈육이라도 용서하지 않는다. 명예 살인은 귀족들 사이에서 흔히 일어난다. 그러나 발렌은 고개를 저었다. 그녀가 자신을 죽이려고 했어도, 그 대가를 죽음이 아닌 다른 것으로 치르게 하고 싶었다. 죽음은 그녀를 너무 편하게 해 주는 방법이라 생각한 것이다.

"그녀는 정식으로 기사직에 있는 건가요?"

"예, 그녀는 이 영지를 지키는 기사입니다."

"그럼 그녀를 기사직에서 박탈시키세요. 그리고 제니 씨와 앤 씨를 시켜 자살할 수 없도록 해 주세요."

기사에게 있어 기사직 박탈은 엄청난 불명예다. 기사직을 박탈당한 이들은 그 수치심에 자살하는 경우도 심심찮게 있었다. 기사직에 있으면서 그것을 자랑스럽게 생각하던 리젠느라면 분명 기사직 박탈은 엄청난 수치심으로 생각할 것이다. 발렌은 그 점을 염려해 하녀들에게 감시까지

시키는 것이다. 바로 자신의 죄를 알고 그것을 느끼라면서.

발렌의 의도를 눈치챈 것인지, 엔더크 남작은 고개를 숙였다.

"그리하겠습니다."

*　　*　　*

"리젠느."

"……."

리젠느의 방. 한 시간 후 정신을 차린 그녀는 일어나자마자 자신의 앞에 서 있는 자신의 아버지와 마주했다. 리젠느는 엔더크 남작의 얼굴을 보고, 그가 보통 화가 난 것이 아니라는 걸 깨달을 수 있었다. 그러나 그녀는 시선을 피하거나 하지 않았다.

"이해하지 못하겠구나. 평소 하지 않던 일을 벌이고…… 너답지 않구나."

"저다운 게 뭐죠?"

"지금 말대답까지 하는 거냐, 리젠느?"

"……."

그녀가 입술을 꽉 깨물면서 그를 노려본다. 잠시 침묵이 감돌자, 그가 입을 열었다.

“리젠느 폰 엔더크. 엔더크 남작가의 영주로서 명한다. 현 시각으로 널 기사직에서 박탈하겠다.”

“예?”

자신이 잘못들은 것인가, 현실을 부정하듯 다시 되묻는 리젠느. 그러나 엔더크는 담담히 그녀에게 말했다.

“넌 더 이상 기사가 아니라는 소리다.”

리젠느가 억울하다는 듯, 한 편으로는 믿을 수 없다는 듯 소리쳤다.

“어째서, 왜, 제가 기사직을 박탈당하는 건데요!”

“평소의 네가 아닌 것 같구나. 머리를 식히고, 차차 네가 무슨 잘못을 한 것인지…….”

“당신이 뭘 알아?”

그녀가 엔더크 남작의 말을 끊었다.

“당신은 나에 대해 전혀 몰라. 지금 내가 어떤 생각을 하고 있는지, 왜 이렇게 된 건지 전혀 모르면서 궁금해 하지도 않잖아! 그러고도 당신이 아버지야?”

리젠느가 갑자기 소리를 질렀다. 엔더크 남작은 가만히 그녀를 지켜보았다.

“난 다른 누구도 아닌 당신에게 인정받고자 지금까지 항상 최선을 다했어! 영지를 지키기 위해, 당신을 보좌하기 위해, 당당히 기사로 인정받기 위해서! 그런데 이게 뭐야?

최선을 다한 것에 대한 보답이 결국 이거야? 당신이 내게
해 준 것이 있기는 해?”

그녀가 원망스러운 눈빛으로 그를 올려다보았다.

“난 네게 항상 최선을 다했다.”

“변명하지 마!”

어찌나 화가 많이 났는지, 그녀는 얼굴이 새빨개지며 씩
씩 숨을 내쉬었다.

“발렌시아가 말한 그대로야. 당신은 그저 자기밖에 생각
할 줄 모르는 사람이야. 자기만족만 위해 남은 생각 안 하
고 일을 강행하지. 내게도 그랬어. 내게 최선을 다했다고
말하고 있지만 내가 무슨 생각을 하고 있는지 알고 있기나
해? 어머니가 돌아가시고 아무도 옆에 없을 때도 항상 내
가 당신의 곁에 있었어. 그런데 벨루나 남작에게 뭐? ‘왜
하필 아들이 아니고 딸일까?’ 그게 배 아파가며 낳은 어머
니와, 당신을 존경하는 나를 뻔히 알면서 할 소리야?!”

그녀가 화를 도무지 진정시키지 못하고 있었다. 그 증거
로 하고 싶은 말이 무엇인지 알지 못할 만큼 두서가 없었
다. 하지만 확실한 것은 방 가득 그녀의 원망으로 가득 찼
다는 것.

“나는 언제나 진심이었어. 난 한 명의 기사로서 영지의
위험을 배척하기 위해 일을 했을 뿐이라고! 그런데 뭐? 기

사직에서 박탈? 이게 무슨 말도 안 되는 소리야!"

"너는 내 딸이기 전에 이 영지의 기사다. 기사는 주군의 명예를 위해 존재하는 법. 주군의 뜻이 무엇이든 거역한 것은 충분히 불명예스러운 일임을 모르는 것이냐, 리젠느."

"하! 과거에 주인을 배신한 사람이 센티스 가문을 따르다가 생각보다 안 좋으니까 뒤늦게 다시 과거 주인의 손자를 따르는 사람이 명예를 운운해? 그게 당신이 할 말이고, 당신이 말하는 명예야?"

"리젠느!"

"당신이, 벨루나 남작이, 마덴 남작이 함께 벌인 일이라고, 스스로 인정한 거잖아! 당신이 내게 말했잖아. 과거에 이미 벌인 일이라고. 내가 틀린 말했어?"

"……."

엔더크 남작이 입을 꾹 닫았다. 틀린 얘기가 없고, 스스로도 그녀에게 그렇게 말하지 않았던가. 부정할 수 없다는 것에 엔더크 남작은 입을 꾹 다물 수밖에 없었다.

"당신은 예나 지금이나 변한 게 없는 사람이야. 자기만족을 위해, 자기를 위해, 어떻게 하면 좀 더 잘살 수 있을까 이리저리 눈치나 보고 있는 간신배."

"리젠느."

그의 반론은 듣기 싫다는 듯 리젠느가 계속 말한다.

"몇 달 전에도 마찬가지야. 혼기가 지나기 전에 뭐라고? 이제 검을 내려놓고 시집을 가라고? 가문을 위해 시집을 가는 거야, 얼마든지 할 수 있어. 당신이 알아봐 준 사람은 재력도, 권력도 있으니까. 그런데 내게 긍지를 내려놓으라고? 내가 남자였어도 당신이 그런 소리를 했을 것 같아? 그게 아버지라는 사람이 할 소리야!!"

지금까지 쌓여 있던 울분을 터트리는 리젠느. 그녀가 증오스러운 눈으로 엔더크 남작을 바라보고 있었다. 지금까지 꾹꾹 참고, 못 들은 척 연기하며 아무 일 없다는 듯 대했다. 그러나 이제 그것도 지쳤다. 지금까지 그렇게까지 한 의미가 다 사라졌다. 이제 웃는 가면을 쓰기 싫었다. 전부 다 싫었다. 설움에 복받쳐 우는 리젠느. 엔더크 남작은 그녀를 한동안 내려다보다가 무심하게 말했다.

"발렌시아 님께서 자비를 베풀어 목숨은 살려 준다고 하니 널 죽이지는 않겠다. 하지만 그 죄는 결코 용서받을 수 없는 법. 오늘부터 넌 엔더크 남작가의 자식이 아니다. 넌 이제부터 리젠느 폰 엔더크가 아니라 그냥 리젠느다."

성씨를 박탈하겠다는 것은 가문에서 완전히 쫓아내겠다는 뜻. 당연히 그녀의 신분은 귀족 그 이하로 내려갈 수밖에 없었다. 귀족에게 있어 귀족직까지 잃는 것은 크나큰 불명예이다.

“그리고 평생 발렌시아 님의 옆에 붙어 몸종 노릇을 하거라.”

“왜, 그 녀석이 그러래? 내가 유혹하니 견딜 수 없어서 날 탐하고 있나?”

그녀의 말에 엔더크 남작이 인상을 잔뜩 찌푸렸다.

“발렌시아 님은 그런 분이 아니다. 이건 내가 독단으로 정한 거다. 평생 발렌시아 님을 모시며 네 죄를 뉘우치고 너의 과오를 조금이라도 씻을 수 있도록 하거라.”

리젠느는 자존심 때문인지, 오기인지 울음을 멈추고 그를 노려보았다.

“좋아, 당신과 똑같은 성 씨를 쓸 바에야 차라리 평민으로 살겠어. 그 녀석의 몸종도 되어 주지. 하지만 당신이 그 좋아 죽는 발렌시아에게 전해. 난 언제 어디서든 기회만 있다면 녀석을 죽일 거라고. 날 살려 둔 걸 후회하게 만들 거라고.”

“……”

엔더크 남작이 무시하듯 몸을 돌려 그녀의 방에서 나갔다. 그녀가 발렌을 죽이려고 든다 해도 엔더크 남작은 발렌이 그리 호락호락한 사람이 아니라는 것을 알고 있었다.

Chapter 06

불편한 관계

<명예 살인>

　귀족가에서 가문의 명예를 더럽힌 가족 구성원을, 명예를 지키고자 살인하는 행위. 대상은 간통한 여성, 주군의 명을 어긴 자, 가문을 더럽힌 자 등 가지각색이다.

　　　　　—저서『귀족 문화』中 발췌—

　　　　*　　　*　　　*

어색해 죽을 것 같다는 기분은 이럴 때 쓰는 말일 것이다. 식사 시간. 평소라면 식탁에 둘러앉아 즐거운 식사를 즐길 터이지만, 어쩐 일인지 모두 삭막한 표정으로 한 곳을 주시한 채 음식을 목 뒤로 넘기지 못했다.

'불편해.'

바로 리젠느가 그의 뒤에 서서 시중을 들고 있기 때문이다. 그녀는 발렌의 뒤에서 그가 식사하는 걸 지켜보고 있다가 물을 반 컵 정도 비우면 다시 채워 주고, 실수라도 포크나 나이프를 떨어뜨리면 다시 새로 가져왔다. 이런 상황 속에서 목 뒤로 음식을 넘기고 있는 사람은 엔더크 남작과 포드가 유일했다.

"엔더크 경. 이게 무슨 일인지……."

칼부림이 있었다는 얘기는 들었으나, 그녀가 발렌의 몸종 노릇을 하고 있어 당혹스러운 것은 아루스도 마찬가지였다. 발렌은 불편해 죽겠다는 시선으로 그만 두라는 듯 바라보았지만,

"미스 엔더크. 이제 그만……."

"황자 전하. 그녀는 더 이상 제 딸이 아닙니다. 앞으로 그녀를 그냥 리젠느라 불러 주십시오."

가문에서 추방시켰다고 하니 아루스의 입이 떡 벌어진다. 리젠느를 가문에서 추방시켰다고 하니 모두가 놀란 것이다. 리젠느는 그 말에 반박하거나 하지 않고 가만히 발렌

의 뒤를 지키고 있었다.

반면 가문에서 추방된다는 게 뭐가 그리 큰 거냐는 듯 모르겠다는 표정을 짓는 사람…… 아니, 드워프가 한 명 있기는 했지만. 포드는 술에 취해 여관에서 푹 자고 저택으로 돌아왔기에 지금 상황이 왜 이렇게 돌아가는지 잘 모르고 있었다. 이미 카벤 마을에도 소문이 퍼질 대로 퍼진 터라 금방 알게 될 사실이겠지만.

"앞으로 발렌시아 님의 몸종으로 자신의 죄를 속죄하게 할 생각입니다."

"그건 너무한 거 아닌가요?"

이것은 엘리즈가 물은 것이다. 엔더크 남작은 단언했다.

"발렌시아 님을 죽이려 한 벌 치고는 가벼운 것입니다. 마음 같아서는 제 손으로 직접 베고 싶지만, 발렌시아 님께서 죽이지 말라 하셔서 이 정도로 끝낸 겁니다. 이것까지 거절하면 남은 것은 가문의 수치를 제거하는 것뿐."

엘리즈가 입을 꾹 다물었다. 귀족들이 가문에 불명예를 안긴 자는 죽음으로 죄를 다스리고는 한다는 얘기를 들었지만, 직접 자신의 귀로 들을 줄은 몰랐기 때문이다. 황실에서만 있었던 엘리즈는 이런 얘기를 직접 들을 기회가 좀처럼 없었다. 엔더크 남작은 지금 이 순간에도 리젠느를 주시하고 있었다.

엘리즈의 시선이 발렌에게로 향했다. 리젠느가 앞으로 발렌의 몸종으로 있을 거라니. 발렌은 불편한 얼굴이고, 리젠느는 지금 이 순간에도 숨기지 않고 적의를 드러내고 있었다. 발렌은 애써 그녀를 신경 쓰지 않으려고 하는 것 같은데, 불편해하는 기색이 여실히 드러나고 있었다.

'거절하면 그녀를 죽인다고 하니, 이것 참.'

시간이 어느 정도 지나 머리가 식은 발렌은 속으로 앓는 소리를 하며 한숨을 내쉬었다. 명예 살인을 하겠다는 말을 거침없이 하니 현실과 동떨어져 있는 것 같았다.

발렌이나 황족들에게도 먼 얘기. 이바나도 마찬가지였다. 명예 살인이 일어나는 경우가 드문드문 있다지만 실제로 접하는 것은 이번이 처음이기 때문이다. 계속 비현실적인 일상의 연속 같았다. 언제 터질지 모르는 폭탄 같아 더더욱 불안하기만 했다.

*　　*　　*

세인브리트 마탑, 탑주의 집무실. 발렌과 이바나가 행방불명된 지 벌써 두 달 가까이 되었다. 탑주는 사람을 보내 그들의 흔적을 찾고 있다. 그것을 기다리며 마법 통신구를 바라보고 있는데, 곧 빛과 함께 진동이 울린다. 탑주가 마법 통신구에 손을 얹자, 곧 목소리가 들려왔다.

[탑주님. 행적을 찾아냈습니다.]

탑주의 얼굴이 환해졌다. 두 달 가까이 되어서야 그들의 행적을 찾아내다니. 길다면 길고, 짧다면 짧았다. 그러나 탑주에게는 2년은 훌쩍 넘는 것처럼 느껴지는 기다림의 연속이었다.

"그래. 보고하라."

[그들은 동쪽 변방 영지로 향했다고 합니다. 정확히 어느 영지로 간 것인지는 확인되지 않았지만, 엔더크 남작령으로 향한 것으로 추정됩니다.]

"엔더크 남작령?"

탑주가 곰곰이 생각했다. 엔더크 남작령이 어디에 붙어 있는 영지인지 잘 모르기 때문이다. 이 나라의 영토가 넓은 만큼 영주의 수가 많다 보니 탑주도 잘 모르는 것이다.

[센티스 백작가의 가신으로 있었던 자의 영지입니다.]

"뭐? 센티스 백작가? 발렌시아 사서가 왜 그런 위험한 곳으로 갔다는 겐가?"

센티스 백작가는 발렌과 매우 적대적인 곳이다. 발렌이 결투에서 승리했다고 해도 센티스 백작은 분명 그에게 큰 앙금이 남아 있을 것이기 때문이다. 발렌 때문에 이반이 자살했다고 하지 않던가. 센티스 백작은 넋이 나갔고, 그 때문에 영지 운영이 어려워진 상태라고 하지만, 그가 그쪽으로 가는 것은 대놓고 목숨을 내놓으러 가는 것과 다름이 없다. 안 그래도 행적을 알기 힘든 상황인데 센티스 백작이 그가 엔더크 남작가에 있다는 걸 알면 아무도 모르게 죽이려고 들 수 있기 때문이다.

[이유는 모르겠습니다만, 따로 계획이 있는 것이 아닐까 추측합니다.]

탑주도 동감한다는 듯 고개를 주억였다. 이해하지 못할 만한 행동을 많이 하기는 하지만 바보는 아닌 발렌이다. 분명 뭔가 믿는 것이 있어 그쪽으로 갔을 것이라 추측했다.

[그리고 어떤 드워프가 발렌시아 사서를 수소문하며 엔더크 남작령으로 향했다고 합니다.]

"드워프?"

갑자기 뜬금없이 드워프 얘기가? 탑주가 의아하다는 표정을 지으며 통신구에서 눈을 떼지 않았다.

[여행객의 말로는 물건을 납품할 손님을 찾는다며, 이곳저곳 수소문을 했다고 합니다. 갈색 머리의 젊은 상인과 장난기 가득해 보이는 여성이 함께 있는 마차를 봤는지 물어보았다고 합니다.]

갈색 머리와 장난기 가득해 보이는 여성. 발렌과 이바나의 특징과 대충 일치했다. 게다가 탑주는 이미 발렌이 상인으로 위장한 사실을 보고받은 상황이다. 그 드워프가 누군지는 모르지만 자신이 보낸 추적자들보다 뛰어난 자가 아닐까 하는 생각이 든다. 혹시 현상금 사냥꾼을 직업으로 하고 있는 드워프가 아닐지 걱정이 들었다.

"그 드워프에 대해 아는 바가 있는가?"

드워프는 자기 자랑을 그렇게 좋아한다고 들었다. 자기 자랑을 할 때만큼은 거짓말을 하지 않는다는 것으로도 유명하다. 그만큼 자기애가 강한 종족이 바로 드워프다.

[여행객의 말에 따르면 그 드워프는 스스로를 대장장이라고 했다고 합니다. 세기어 왕국에서는 한때 야장 포드라고 불렸다는 모양입니다. 그를 추적하면 되겠다고 생각하여 조사를 한 결과 엔더크 남작령으로 향했다는 말을 들을 수 있었습니다.]

"……."

야장 포드. 옛날에 들은 적이 있는 것 같았다. 언제 들은 걸까, 곰곰이 생각하는 탑주. 그는 곧 기억해 낼 수 있었다. 기사들 사이에서 드워프 중 야장 포드의 무기가 그렇게 좋다고 말하는 것을 들은 적이 있었다. 남바른 공작이 자신과 신경전을 벌이면서 자신의 검을 자랑할 때 들은 것이다. 설마 여기서 그 자의 이름을 다시 들을 줄은 몰랐다.

"그래, 그래도 혹시 모르니 조심하도록. 엔더크 남작령에 있든 없든 내게 반드시 보고하라.”

[예, 탑주님!]

“그리고 그 여행객이 다른 이에게 말하지 못하도록 확실히 대처했겠지?”

[예, 탑주님. 드워프를 본 기억과 발렌시아 사서를 본 기억을 지웠습니다. 가벨 황제 측에서 그 여행객에게 물어도 대답하지 못할 겁니다.]

기억을 지웠다니 탑주도 안심이다.

[한데 아무래도 황제 측에서 보낸 추적자들이 엉터리 정보가 많다는 것을 눈치챈 것 같습니다.]

“벌써 말이냐?”

[예. 그들도 아루스 황자를 추적하기보다 같은 날 사라진 엘리즈 황녀와 동행자들을 찾는 것에 집중하는 같습니다. 이제 더 이상 혼선을 주기는 어려울 것 같습니다.]

까딱 잘못하다가는 자신이 방해했다는 것을 들킬지도 모르는 일이다. 탑주는 침음했다. 시간을 끄는 것도 이제 슬슬 한계에 부딪치는 것이다.

[아루스 황자가 철저히 변장해서 빠져나갔을지도 모른다고 생각해 수사 범위를 넓히고 있는 것 같습니다. 최선을 다하고 있지만, 아마 앞으로 거의 통하지 않을 겁니다. 현재 그들의 수사 범위가 동쪽으로 향하고 있습니다.]

탑주는 그들이 제대로 수사할 수 없도록 일부러 세기어 왕국이 있는 북쪽으로 시선을 돌렸었다. 추적자로 보이는 자가 있으면 일부러 북쪽으로 유도했다. 아루스가 세기어 왕국에서 큰 성과를 거뒀기에 신빙성이 있어 추적자들은 북쪽으로 수사를 했다. 하지만, 이제 눈치를 챈 것 같았다. 아루스는 북쪽으로 향하지 않았다는 것을.

"그래, 알겠다. 무리하지 말고 이제 철수하거라."

탑주는 추적자를 격려하며 통신을 마치고 턱을 매만졌다.

'어찌 보면 들키지 않고 지금까지 상황을 끈 것도 굉장히 오래 버틴 게지.'

정보의 혼선을 주는 것도 한계에 다다르고 있다. 이제 여기서 발을 빼야 할 것 같았다. 이제 탑주의 목표는 다른 것으로 옮겨졌다.

'이제 이바나를 그 위험한 곳에서 빼오는 것이 문제로구나.'

가능하면 이바나, 엘리즈, 발렌 세 명을 모두 빼오고 싶었다. 어쨌든 그들은 자신의 제자니까. 그러나 과연 그게 쉬운 일일까 생각이 든다.

엘리즈가 아루스를 따라간 것을 보면 그녀도 이 일에 공조하기로 결정했을 것이다. 아마 엘리즈는 아루스의 처형

판결이 부당하다고 생각해 그를 도우려는 의도일 것이다.
남의 위기도 무시하지 못하는 사람인데, 자신의 혈육이면
더더욱 가만히 있지 못할 것이다. 발렌과 이바나는 엘리즈
의 뜻에 동조했을 가능성이 매우 컸다.
'정말 골치가 아프구나.'
탑주는 고민에 빠졌다.

*　　*　　*

아루스의 행방은 여전히 묘한 상태다. 무려 500골드의
현상금이 걸려 있었기에 수많은 현상금 사냥꾼들이 아루스
를 찾기 위해 혈안이 되어 있지만, 그의 행적은 여전히 아
리송하기만 하다.
저택 집무실에 있는 남바른 공작은 수많은 서신을 보고
깊은 한숨을 내쉬었다. 황제의 친서부터 각 귀족들의 서신
까지. 다른 가문의 귀족들이 남바른 공작에게 서신을 보내
는 것이야 늘 있는 일이라지만, 최근에는 그 수가 너무나
급증했다.
거기다 서신의 내용 또한 한결같았다. 황제가 버젓이 있
으니 중립을 표하지 말고 황제에게 충성을 보이라는 것이
다. 가벨이 뒷배를 봐주는 귀족들은 벌써부터 여기저기 날

뛰고 있었다.

"나라가 꼴이 이게 뭔지. 앞으로 어떻게 될는지 걱정이구나."

가벨 황제는 아루스를 찾느라 혈안이고, 국정도 대부분 휘하 귀족들에게 맡긴 채였다. 지금까지는 괜찮을 수 있지만, 안 그래도 부패한 귀족들이 여기에 손을 대면 돌이킬 수 없게 될 것이다. 그 증거로 가벨 황제의 편이 아닌 자들은 벌써 숙청을 당했다. 가벨 황제의 옆에는 그를 따르는 자들밖에 없었다.

가벨의 인성이 좋지 않다고 해도, 그를 제대로 이끌어 줄 이가 곁에 있으면 남바른 공작도 이렇게까지 고민하지는 않았을 것이다. 현재 가벨의 곁에는 충신이 아닌, 간신배만 남아 있는 상태였다. 그렇기에 이 나라가 심히 걱정이 될 수밖에 없었다.

"아버지, 안에 계십니까?"

밖에서 익숙한 목소리가 들려왔다. 그의 아들의 목소리였다.

"들어오너라."

흑발의 자줏빛 눈동자를 가진 훤칠한 청년이 들어왔다. 그는 베세르 폰 남바른. 남바른 공작의 첫째 아들이자, 훗날 남바른 공작령을 이끌 후계자이며, 레딘의 형이기도 한 청년이다.

"그래, 루베너 공작가에서 별일 없었느냐?"

오랫동안 루베너 공작가에 사신으로 직접 간 베세르. 베세르는 그쪽에 있으면서 있던 일을 말해 주었다.

"예, 아버지. 루베너 공작 측에서 당장 영지전을 걸어올 낌새는 없어 보입니다. 하지만 여전히 우리 가문을 무시하는 발언을 하는 등 저를 도발하려는 것 같았습니다."

루베너 공작은 가벨이 황위에 오르기 무섭게 바로 가벨 황제의 편에 섰다. 아루스가 가벨의 계략으로 인해 쫓겨나듯 사라지자 가벨의 편에 서는 것이 더 이득이라고 판단한 것이다.

새로운 황제가 즉위했고, 아루스를 지지하는 귀족들도 점차 숙청을 당하고 있었다. 몇몇 귀족가들은 그것을 두려워해 가벨에게 억지로 충성하며 눈치를 보고 있었다.

반면 남바른 공작은 여전히 가벨 황제에게 충성을 맹세하는 의식에 찾아가지 않았다. 루베너 공작은 바로 이를 꼬집은 것이다.

"루베너 공작가는 대대로 그러했지. 그나저나 현 루베너 공작은 몇 번이나 느낀 거지만 참으로 기회주의적인 자로구나. 황제가 즉위하기 무섭게 바로 아첨을 하고 말이야."

가벨과 아루스가 대치할 때만 해도 정치적인 상황에 맞

게 여기저기 찔러보던 루베너 공작. 가벨이 몬스터 준동 때 참패를 하여 순식간에 지지 세력을 잃었을 때, 그는 아루스에게 아첨을 했다. 그러나 지금 그의 꼴을 보니 참 가관이었다. 아루스에게 아첨을 할 때는 언제고, 가벨이 황위에 오르니 바로 세력을 옮기지 않았는가. 간신배는 위아래 할 것 없이 어디에나 있는 것이다.

루베너 공작과 다르게, 남바른 공작은 여전히 중립적인 입장을 취하고 있었다. 누구의 편인지 대놓고 말하지 않았다. 그저 중립. 이 일에 끼고 싶지 않다는 의사 표현이다.

가벨이 정당하게 황위에 올랐으면 남바른 공작도 가벨 황제에게 충성을 맹세했을 것이다. 그러나 누가 봐도 훤히 보이는 연극을 하면서 즉위했기에 그에 대한 꺼림칙함이 남아 있었다.

"어쨌든 루베너 공작이 우리와 영지전을 치를 의사가 없다는 건 다행이로구나."

"절 계속 도발하는 것을 보면 어떻게든 명분을 얻으려고 하는 것 같지만, 명분이 없는 한 영지전을 걸어오지는 못할 겁니다."

남바른 공작이 고개를 주억였다. 루베너 공작은 자신의 영지를 눌러 제국 최고의 귀족이 되기 위해 야욕을 품고 있었다. 괜히 이런 것에 어울려 줘서 얻을 것이 없는 남바른 공작. 항상 루베너 공작이 명분을 잡을 수 없도록 견제하는 것도 상당히 피곤한 일이다.

"한데 루베너 공작의 말도 일리는 있습니다. 아버지, 어째서 현 황제에게 충성 맹세를 안 하십니까? 우리 가문은 대대로 역대 선왕들께 충성을 한 가문이지 않습니까."

현 남바른 공작은 충성 맹세를 차일피일 미루고 있었다. 새로운 황제의 즉위식 날 모여 충성을 맹세하는 것은 이 나라에서는 당연시 되는 일이다. 하지만 남바른 공작은 바쁘다는 이유로 즉위식에 참석도 하지 않고, 충성 맹세도 하지 않고 있었다. 현 황제를 인정할 수 없다는 무언의 시위이다.

"빤히 보이는 연극으로 황위에 올랐으니, 그것에 가만히 수긍하는 것은 옳지 않다 생각했을 뿐이다."

베세르는 그런 아버지를 존경하고 있었다.

"참, 레딘이 많이 힘들어하는 것 같더구나."

황실 근위 기사단의 기사인 레딘. 그는 아루스가 행방불명되었을 때 발렌과 이바나, 엘리즈가 사라진 것을 매우 걱정하고 있었다. 아무래도 아루스와 함께 세기어 왕국에 다녀왔다 보니 그가 어떤 사람인지 잘 알고 있는 까닭이다.

레딘은 아루스 황자가 진짜로 가벨 황제를 죽이려고 자객을 보냈을 리 없다고 생각하고 있지만, 근위 기사단에 이

제 막 들어간 신입이 그것을 상부에 말할 수 있을 리 없었
다. 그저 속으로 끙끙 앓고 걱정하는 나날을 보내고 있었
다.

레딘을 걱정하는 아버지를 보고 베세르가 자신의 가슴을
치며 안심하라는 듯 말했다.

"제가 빠른 시일에 수도로 직접 가서 레딘이 기운을 차
릴 수 있도록 격려하겠습니다."

"고맙구나. 루베너 공작가에 갔다 오자마자 이런 일을
시켜 미안하다."

베세르가 고개를 저었다.

"저도 맏형으로서 아우가 힘들어하는 걸 원치 않으니까
요."

남바른 공작이 고개를 주억였다.

＊　　＊　　＊

그로부터 이틀 후, 엔더크 남작령에 반가운 손님이 찾아
왔다.

"황자 전하와 황녀님을 뵙습니다."

벨루나 남작과 마덴 남작이 찾아온 것이다. 벨루나 남작
과 마덴 남작이 아루스와 엘리즈의 앞에 부복하며 예를 갖

추어 인사했다.

"반갑네. 자네들에 대해서 익히 들었네."

"반가워요."

아루스와 엘리즈가 미소를 보이며 그들을 맞이한다. 그들은 짧게 인사를 나누고 곧이어 발렌에게로 향했다.

"오랜만입니다, 발렌시아 님."

그들은 발렌의 앞에 무릎을 꿇었다. 발렌이 그들을 일으키며 인사를 받아 주었다.

"오랜만입니다. 벨루나 남작님, 마덴 경. 그간 잘 지내셨고요?"

"예, 큰 문제없이 지냈습니다. 발렌시아 님보다 저희가 고생을 했겠습니까?"

발렌이 세기어 왕국에 갔다가 공을 세웠다는 소식을 뒤늦게 엔더크 남작에게 들은 벨루나 남작과 마덴 남작. 야만족과 싸우는 게 보통 일이 아니라고 들었는데 거기서 공을 세울 정도였으니 얼마나 고생이 심했겠는가.

게다가 이번에는 황실을 능멸했다는 누명을 쓴 아루스를 데리고 오기까지 했다. 앞으로 어떤 고난이 있을지 그들 또한 짐작하고도 남았다. 발렌은 이전에도 그랬지만, 지금도 고생을 하는 중이다. 그러나 그들은 발렌의 의견에 동참할 의지가 있었다. 그가 아루스와 함께 엔더크 남작령에 왔다는 소식을 접했을 때부터 이미 결의를 다진 상태였다.

"한데 미스 엔더크가 보이지 않는군. 일이 바쁜 모양이로구먼."

마덴 남작의 말에 아루스와 발렌, 엔더크 남작이 석화 마법에 걸린 듯 그 자리에 굳어 버렸다. 엔더크 남작은 그들에게 자신의 딸이 무슨 일을 벌였는지 말하지 않았고, 그들 또한 리젠느가 엔더크 가문에서 박탈당했다는 소식을 전해 듣지 못한 것이다. 다행히 그들이 왔을 때 바쁜 일로 얼굴을 보지 못한 적이 꽤 되었는지 그냥 넘어가는 분위기였다.

'다행이다. 그냥 방에 남아 있으라고 해서.'

발렌은 리젠느와 면식이 있는 벨루나 남작과 마덴 남작을 보면 그녀도 불편할 것 같아 오늘 하루 자유롭게 있으라고 했다. 엔더크 남작도 딱히 그것에 불만을 품지는 않았다. 다만 그녀가 어떤 우발적인 행동을 할지 몰라 걱정이 되었는지 제니와 앤에게 번갈아 가며 감시하라고 했다.

"한데 조금 난감하게 됐군요."

벨루나 남작은 아루스의 팔목을 주시했다. 벨루나 남작과 마덴 남작은 엔더크 남작이 요청한 대로 대장장이들을 데리고 온 상태였다. 아루스의 팔목에 채워진 마법 구속구를 풀기 위함이다. 그러나 포드가 진즉에 풀었기 때문에 데리고 온 대장장이들이 할 일이 사라졌다.

“포드 아저씨가 풀어 주셨어요.”

“포드 아저씨? 그 사람은 누굽니까?”

발렌과 꽤 친밀한 사람인가 싶어 묻자, 발렌의 뒤에 있던 포드가 손을 들었다.

“나야. 사람은 아니고 드워프지만.”

벨루나 남작과 마덴 남작이 포드를 신기한 눈으로 바라보았다. 드워프를 실제로 보는 것이 처음인지, 그들은 예의에 어긋나게 뚫어져라 바라보았다.

엔더크 남작이 그런 그들을 웃으며 바라보다 입을 열었다.

“세기어 왕국에서 야장 포드라 불리던 분일세.”

“야장 포드? 정말인가?”

마덴 남작이 깜짝 놀라더니 흥분을 감추지 못했다. 벨루나 남작은 전혀 모르는 듯 어리둥절한 표정을 지었지만, 마덴 남작의 얼굴은 놀란 기색으로 가득했다. 포드가 고개를 주억이자, 그의 얼굴은 더욱 달아올랐다.

“오, 설마 야장 포드를 이렇게 직접 만날 날이 올 줄이야. 이 검, 혹시 기억하는가?”

마덴 남작이 허리춤에서 검을 꺼내 포드에게 보여 주었다. 포드는 검을 보고 고개를 끄덕였다.

“내가 만든 거네. 내 대장간 표식도 선명하고 말이야.”

포드는 롱소드에 새겨진 그의 대장간 표식을 보고 자신이 만든 것임을 단번에 알 수 있었다.

"내가 수소문해서 힘들게 구한 최상품인데, 설마 이 검을 만든 대장장이를 만나게 될 줄이야. 정말 반갑네, 반가워."

마덴 남작이 포드의 손을 잡고 위아래로 흔들었다. 포드는 고개를 갸웃거리고 있었다. 아무리 봐도 자신이 만족할 만한 수준의 검은 아니었기 때문이다.

'이건…….'

포드는 검을 확인하고서 이 검의 정체를 눈치챘다. 마덴 남작이 가지고 있는 롱소드는 포드가 신경 써서 만든 것이 아니라, 찍어 내듯 대량 생산한 저품질의 검이었다. 그렇게 만든 것도 어지간한 인간 대장장이들이 만든 것보다야 튼튼하고 좋다지만, 이런 수준의 무기를 최상품이라며 비싼 값에 팔 만큼 얼굴에 철판을 깔지는 않았다.

"누가 거짓말을 보태서 부풀려 팔았나 보네."

포드는 단호하게 그리 말했다. 그 말에 당황한 마덴 남작이 눈이 휘둥그레졌다.

"설마 이거……."

"내가 만든 건 맞는데, 최상품이라고 인정할 만큼 대단한 것은 아니야. 애초에 난 내가 만족할 만큼 대단한 검을 만든 적도 없다고."

상인들의 거짓말에 속아 넘어갔을 확률이 높았다. 어차피 상인들이야 돈을 벌면 그만이니까. 질 안 좋은 물건을 타국에서 왔다는 것을 근거로 거짓말을 보태서 비싸게 파는 일은 왕왕 있다. 가품을 진품이라고 속여 파는 상인들도 많은데, 그나마 진품을 최상품이라고 속인 게 다행일 것이다.

"끙…… 깜빡 속았군."

마덴 남작은 실망감 어린 표정으로 자신의 검을 바라보았다. 측은하게 보일 정도로 표정이 암울해지자, 포드가 껄껄 웃었다.

"바올라 제국의 귀족을 속이면 뼈도 못 추린다고 들었는데, 그런 위협을 무릅쓰면서 속이는 상인이 있다니. 이 나라도 참 재밌는 곳이로군."

포드가 한참 웃었다.

"내가 나중에 따로 신경 써서 제작해 주도록 하지. 어쨌든 내 제품을 가지고 있는 사람이니까."

"정말인가?"

마덴 남작의 눈이 초롱초롱해졌다. 설마 포드가 따로 제작해 줄 거라고는 생각도 못 한 일이었다. 포드가 별거 아니라는 듯 웃었다.

"젊은 친구의 부하인데 못 해줄 것도 없지. 명검까지는
아니지만 지금 쓰는 것보다 훨씬 좋은 걸로 만들어 주지."
"고맙네."
"큼큼! 그런데 오늘따라 유독 술이 고픈데."
"아저씨, 고작 이틀 전에 저랑 술 마시시지 않았나요?"
"고작 이틀 전이라니. 무려 이틀 전이잖나. 드워프는 원
래 하루라도 술을 안 마시면 금단현상에 시달리는 종족이
야. 그런 거 책에서 못 봤어?"

술을 좋아한다는 건 책에서 봤지만 하루라도 안 마시면
금단현상을 보인다는 얘기는 금시초문이다. 무엇보다 당장
어제만 해도 포드는 술을 마시지 않았다. 게다가 포드는 세
기어 왕국에서 출발해 세인브리트를 거쳐 이곳 엔더크 남
작령까지 오는 동안 술을 마시지 않았다고 본인의 입으로
말했다. 깐깐하게 따지고 들어가면 지는 거라 생각하고, 발
렌이 그저 미소를 보였다. 그만큼 술을 좋아한다는 뜻이겠
거니 이해하고 넘어갔다.

"말만 하게나. 내가 술을 잔뜩 사서 보내 줄 터이니. 아
니지, 당장 시종들을 시켜 술을 그대에게 보내겠네."

마덴 남작이 그리 말하자 포드가 만족스럽다는 듯 웃었
다. 발렌이 그 모습을 보며 어색하게 웃어 보였다. 분위기
좋은 만남이었다. 아루스는 이를 보고 흡족한 미소를 짓다

가 이야기가 끝난 듯하자 세 남작에게 말했다.

"엔더크 경, 벨루나 남작, 마덴 경. 혹시 지금 시간이 되는가?"

"예, 황자 전하."

"앞으로의 일에 대해 회의를 할까 하네."

얼굴은 웃고 있지만 아루스의 말은 진지함 그 자체였다. 무슨 주제로 회의를 할지 대충 짐작한 것인지 그들의 표정이 진지해졌다. 그들의 표정을 보고 승낙한 것으로 알아들은 아루스의 시선이 발렌에게로 향했다.

"발렌시아 사서, 그대도 참여하겠는가?"

이런 자리에 일개 사서인 발렌에게 참여할 것인지 묻는 아루스. 비록 그가 준귀족이기는 하나 세 남작의 주군인 만큼 형식상 이 회의에 참석할 자격이 있었다.

그러나 그는 고개를 숙이며 정중히 거절했다.

"아닙니다. 저는 황녀님과 함께 마법 수련을 하고 있겠습니다."

"그런가? 혹시 나중에 필요하면 부르겠네."

발렌이 언제든 편히 불러 달라 말하자, 그들이 자리를 떴다. 그들이 사라지자 자리에는 엘리즈와 발렌만 남게 되었다.

"결국 일이 이렇게 되는구나."

“황자 전하의 명예와 정당성을 회복하기 위한 일이잖
아.”

엘리즈는 고개를 끄덕였다. 이렇게 되리라는 건 아루스
를 살려 달라고 부탁했을 때부터 예상한 바였다. 본격적으
로 아루스와 가벨이 싸우기 앞서 준비 단계에 돌입하게 되
니 그녀의 얼굴에 어둠이 내려앉기 시작했다. 방금 전까지
는 없던 긴장감이 감돌았다.

＊　　＊　　＊

달이 차오른 저녁. 하늘에 떠 있는 보름달이 선명하게 복
도를 비추고 있다. 회의가 길어지는지 아루스와 세 남작들
은 회의에 들어간 이후 모습을 보이지 않고 있었다. 발렌은
식사를 마치고 식당에서 가지고 온 음식을 들고 어딘가로
향했다. 그가 향한 곳은 이바나의 방. 발렌이 문을 두드렸
다.

“누구세요?”

“저예요, 이바나 씨.”

“들어와.”

이바나의 허락이 떨어지자 발렌이 조심스럽게 문을 열었
다. 이바나의 방바닥에 수많은 종이들이 구겨진 채 아무렇

게나 나뒹굴고 있었다. 그녀가 몸을 돌려 발렌을 바라보았
다.

"이런 오밤중에 숙녀의 방에 오고. 무슨 일이야?"

"숙녀요? 제가 아는 숙녀는 교양과 예의와 품격을 갖춘
현숙한 여자라고 알고 있는데요? 그런 숙녀의 방이라면 이
렇게 어지럽지는 않을 걸요?"

이바나가 피식 웃었다. 발렌은 가지고 온 스튜와 빵을 그
녀의 앞에 내려놓았다.

"뭘 연구하고 계시기에 하루 종일 방 밖으로 안 나가세
요?"

"어차피 이 영지에서 내가 할 수 있는 건 거의 없으니까.
이 기회에 연구나 하려고. 물론 마도구를 만들 만한 여건도
안 되고 말이야."

세인브리트 마탑은 마법 연구를 장려하는 편이기 때문에
재료가 넘치고 넘친다. 제아무리 탑주가 마도구 연구를 반
대한다 하더라도 몰래 빼내 올 수 있는 것이다. 그러나 엔
더크 남작령은 사정이 다르다.

기사 가문이기에 마법 연구는 거의 안 하고, 심지어 이
영지에는 마법사가 없었다. 굳이 마법 재료를 구입할 이유
가 없는 것이다. 챙겨온 돈이 조금 있으니 재료를 구입하면
그만이지만, 재료를 구한다 하더라도 실험할 공간이 없었

다. 이래저래 여건이 되지 않아 어쩔 수 없이 이론을 다시 맞추는 것으로 만족해야 했다.

"열정이 대단하시네요."

"너와 리즈가 독서하는 것만 하겠어?"

발렌이 어깨를 으쓱이자 이바나가 호호 웃었다. 이바나는 발렌이 가지고 온 음식을 보며 잘 먹겠다고 말하다가 의문이 들어 물었다.

"그러고 보니 미스 엔더크…… 아니, 리젠느에게 시키지 않고 왜 네가 하고 있어?"

가문에서 박탈당해 더 이상 엔더크의 성씨가 없는 리젠느. 이바나는 그 점을 유의해서 말한 것이다.

그의 몸종이 되었으니 이런 귀찮은 일은 그녀에게 시켰으면 되지 않을까 싶은 것이다.

"그 사람 얼굴을 1분 1초도 보기 싫어서요."

오전부터 저녁 식사 때까지 발렌의 옆을 지키는 리젠느. 자신의 옆에 있을 때마다 따가운 시선으로 바라보았기에 불편했다. 게다가 그녀를 아는 세 남작가들이 모인 자리이니 아예 나오지 말라고 했다. 그녀의 입장에서도 환영일 것이다.

"네 몸종이 되었다고 막 부려 먹는 거 아니지?"

"아니에요. 제가 그럴 사람으로 보여요?"

그녀가 고개를 저었다. 이바나는 발렌이 그럴 리 없다는 걸 잘 알기에 장난식으로 물어본 것이었다.

적에게는 자비가 없지만, 더 이상 자신의 적이 아닐 때는 따뜻한 사람이 발렌이니까. 물론 리젠느와 발렌의 관계는 여전히 현재 진행형이고 서로 앙금이 남아 있다. 하지만 일을 해결했고, 발렌의 요구대로 처벌을 받았으니 죽이네 마네 그런 말은 하지 않는 것이다.

엔더크 남작은 다르다. 조금이라도 발렌의 말을 거역하면 거리낌 없이 명예 살인을 저지를 기세였다.

불편하다고 해서 옆에 두지 않는 것도 불가능한 상황인 것은 확실했다.

"곤란한 건 사실이에요. 사람을 부려 본 적도 없고, 그런 생각도 한 적이 없어서요. 엔더크 남작이 독단적으로 이렇게 결정해 버린 일이니 어떻게 할 수도 없고. 자유롭게 풀어 주자니 엔더크 남작이 걸리고."

리젠느가 그를 노려보는 시선은 마치 언제든 널 죽일 수 있다고 말하는 듯하여 하루하루가 불편해 죽을 맛이다. 오늘 하루만큼은 마음 편히 있고 싶었다. 그러나 세 남작들이 다시 영지로 돌아간 뒤에는 따로 댈 만한 핑계가 없어 리젠느를 다시 봐야 할 것이다. 벌써부터 그 걱정에 발렌이 크게 한숨을 내쉬었다.

이렇게 땅이 꺼져라 고민하는 그의 모습을 보니 안쓰러울 지경이다

"그런데 그건 왜요?"

"아무것도 아니야. 혹시 질 나쁜 녀석들처럼 네 몸종이라고 함부로 건드리거나 하는 건 아닐까, 그녀가 걱정돼서 물어본 거야."

발렌이 피식 웃었다.

"이바나 씨. 혹시 글 쓰실 생각 없으세요? 그 상상력으로 글을 쓰시면 유명한 작가가 될 것 같은데."

"그럴까? 내가 만든 발명품에 감동받은 네가 엉엉 우는 내용까지 추가하면 엄청 재밌을 것 같은데."

"정말 상상력이 대단하시군요."

"상상력이야말로 연금술사에게 가장 중요한 자산이니까."

농담을 주고받으며 웃는 발렌과 이바나. 이바나는 한참 웃다가 식사를 마저 끝내고 빈 접시를 발렌에게 건네주었다.

"잘 먹었어. 수고스럽게 가져다줘서 고마워."

"이 정도로 뭘요."

"그러고 보니 리즈는 뭐하고 있어? 혹시 도서관 갔어?"

원래 이 시간만 되면 도서관으로 향하는 발렌과 엘리즈

의 일과를 알고 물어 본 것이다.

"오늘은 자기 전까지 수련한다고 하네요. 저도 수련이나 할까 생각하던 참이에요."

"수련? 수련은 왜?"

"왜라니요. 마법사라면 당연히 수련을 해야죠."

"그럴 필요가 있나? 어차피 리셋을 이용해서 위저드급으로 경지를 쌓았다면서? 수련을 뭣하러 그리 열심히 해? 리셋을 반복할 때 몰아서 하면 되잖아."

이바나가 무슨 생각을 하는지 눈치챈 발렌이 피식 웃었다. 누구라도 자신의 비밀을 알면 그런 소리를 할 것이다. 왜 굳이 평소에 열심히 수련을 하냐고. 나중에 리셋할 때, 그때 하면 되지 않겠느냐고. 그러나 그건 정작 이 일을 겪어 보지 못한 자들이나 할 수 있는 말이다.

"이바나 씨가 제 입장이 돼서 생각해 보세요. 전 흑마법사에게 복수하고자 그 짓을 했지만, 그 와중에 방황한 일도 있었어요. 복수를 위해 칼을 갈았지만 도중에 그 감정이 옅어지는 것도 겪었고요. 그때 정말 미치는 줄 알았어요."

인간은 적응의 동물이라고 했던가? 가족이 죽고, 마을이 불타고 있는데도 나중에는 그것조차 무시할 만큼 무심해진 발렌이다. 자신이 가족의 죽음에도 무신경해진 스스로에게 얼마나 놀랐는지 모른다.

“어떻게든 마음을 다잡고 지금 이 경지에 도달했지만, 몇십 년 동안 수백 번, 수천 번 가족들이 죽고, 마을이 불타고, 좀비와 스켈레톤이 판치는 것을 보면서, 페인처럼 그 짓을 반복하고 싶겠어요?”

“음…… 내가 겪어 보지 않은 일이라 잘 모르지만 확실히 인간이 할 짓은 못 되는 것 같네.”

애초에 직접 경험한 본인이 그렇다는데 이바나가 반론하는 게 이상한 일이가도 했다. 이바나는 발렌에게 사과했다.

“미안. 내가 함부로 말한 것 같네.”

“아뇨, 괜찮아요. 그렇게 생각할 수도 있죠.”

이미 지나간 일이기도 하고, 과정이야 어떻든 결과적으로 힘을 키워 한 명의 마법사 몫을 톡톡히 할 수 있게 된 발렌이다. 그 일이 없었다면 아마 힘이 없는 그대로 머물러 있었을 것이다. 다시 체험하라고 하면 피하고 싶은 것이지만.

그때의 일을 생각하기도 싫다는 듯 고개를 젓던 발렌이 화제를 돌렸다.

“참, 오늘 벨루나 남작과 마덴 남작이 찾아온 거 아세요?”

“네게 충성을 맹세한 나머지 두 남작들 말이지? 들었어. 애초에 저택으로 마차가 오는 걸 보고 바로 알았지만.”

그걸 알면서도 나오지 않았다니. 얼굴이라도 비치는 게 좋지 않았을까 싶었지만, 이바나라면 그런 건 별로 신경 쓰지 않을 것 같다는 생각이 들기도 했다.

어떨 땐 귀족 같지만 귀족 같지 않은 게 그녀가 아니던가. 발렌이 조용히 웃자 이바나가 살짝 기분 나쁘다는 얼굴로 그를 바라보았다.

"너 표정이 딱 예전 내 시녀가 나한테 짓는 표정이랑 똑같은데? 아는 사이 아니야? 아니면 먼 친척이라든가…… 정말 내 시녀 몰라?"

"그럴 리가요. 세기어 왕국에서도 말했던 거죠? 전 그분이 누군지 몰라요."

사람 생각이 거기서 거기라는 거겠지 하고 생각하며 발렌은 어깨를 으쓱였다. 그리고 본론을 꺼냈다.

"황자 전하께서 그들과 회의를 하고 계세요. 해가 졌는데 아직까지 회의를 하고 있네요. 이제 본격적으로 시작될 거예요."

"그래."

이바나도 진지한 얼굴로 고개를 주억였다.

"이바나 씨도 긴장되시나요?"

"당연한 거 아니야? 내전이라고·내전. 나라의 존망도 문제지만, 그 사건의 중심 속에 우리가 있다고 생각하니 당연

히 긴장될 수밖에. 역사서 속에 우리가 어떻게든 등장하게
될 거고."

아루스가 승리하면 좋은 평가를 받겠지만, 패배하면 반
역자라는 낙인이 찍힐 게 분명하다. 이바나는 가문의 명예
도 문제지만 자신도 걱정이 되는 건 어쩔 수 없었다. 흥분
되기도 하지만 걱정도 되는, 그런 알 수 없는 감정이다. 그
런 생각이 들자 이바나가 짜증을 냈다.

"에이 씨. 왜 이런 걸 말해서. 싱숭생숭해져서 하던 것도
못할 것 같잖아! 오늘 잠 못 자면 책임져!"

발렌이 소리내어 웃었다.

"어차피 내일이면 알게 되셨을 텐데요. 무서워서 잠이
안 오시면 제가 바다와 같이 넓은 마음으로 제 방에 재워드
릴게요. 아, 물론 전 침대에서 잘 거지만요."

세기어 왕국에서 이바나가 자신에게 했던 말을 그대로
돌려주는 발렌.

"뭐? 내가? 네 방에?"

이바나가 어림없다는 듯 피식 웃었다.

"믿음직스럽지 못한데? 오히려 지켜 주기는커녕 내 뒤에
숨는 거 아니야?"

"이렇게 믿음직한 사람이 또 어디 있다고요."

"드워필리지에 방문한 첫날에 날 끌어안고 엉엉 운 녀석

이 말은 잘해요."

"그 얘기가 여기서 왜 나와요."

"내가 말했잖아. 평생 놀려 먹을 거라고. 다른 사람한테 말 안 하는 걸 다행으로 여겨."

말장난으로는 절대 이바나를 이기지 못하겠다는 듯 발렌이 두 손을 들었다.

Chapter 07

전운(戰雲)

　아루스 황자의 공개 처형과 탈출은 당시의 커다
란 사건이었다.

　가벨 황제는 아루스 황자의 세력을 배척하며 숙
청을 하는 한편, 자신의 편으로 선 귀족들을 끌어
안으며 세력을 불려나가고 있었다.

　한편, 아루스 황자는 조용히 변방 영지에서 전
쟁을 준비하고 있었다.

　―저서『천 년 제국 바울라』中 발췌―

*　　*　　*

　회의는 길어졌다. 현재 세 영지의 상태를 남작들의 입으로 직접 전해 듣고, 상황을 모두 파악한 아루스의 얼굴은 진지함으로 가득했다.

　"우리들은 이제 형님과 맞서기 위해 전쟁을 준비할 거네."

　그 말에 이 자리에 모인 이들이 침을 꼴깍 삼켰다. 발렌의 뜻이 아루스를 돕는 것이라고 판단하여 결의를 했지만, 현실로 직면하니 당장 전쟁이 난 것처럼 긴장이 감돌았다.

　"결국 내전이 일어나겠군요."

　"그래."

　고개를 주억인 아루스의 안색이 어두웠다. 정말 내전으로 돌입할 줄은 상상도 못 했기 때문이다. 그러나 자신의 권리를 되찾기 위한 싸움이다. 아루스 자신의 명예와 직결되는 문제이기 때문에 이를 미룰 수는 없다. 다들 모이게 되었으니 이제 숨죽여 준비만 하면 되는 것이다.

　"전쟁을 위한 준비가 끝나면 내가 이곳에 있음을 아국의 모든 영지에 알릴 거네. 여전히 내 편에 서 있는 귀족들은 날 따라 주겠지만, 현재 이 나라의 황제로 있는 형님이 더 유리한 것도 사실이네."

　황실 근위대와 근위 기사들. 정예 중 정예로 알려진 그

들. 그들과 함께 작전을 펼치고, 대련까지 한 아루스는 그
들을 아주 잘 알고 있다.

가벨은 황제의 권한을 이용해 근위대를 끌고 올 것이며,
황실 마법사도 투입할 것이다. 그뿐만 아니다. 나라의 존망
이 걸린 일에 세인브리트 마탑의 마법사도 참전하기로 법
전에 기록되어 있으니, 그들도 끌고 올 것이다. 제국내 최
고의 기사와 마법사들을 상대해야 할 테니, 매우 힘든 싸움
이 될 것이다.

"그럼 전쟁 준비가 끝나면 어떻게 하실 생각입니까?"

"형님이 보낸 병사들이 올 때까지 기다릴 거네. 세 남작
가 병사의 수는 합쳐도 천 명. 그 병력으로 수도로 진격해
봤자 매복에라도 걸리면 뼈도 못 추리겠지."

아무런 피해도 없이 수도에 도착한다 하더라도 공성전이
문제다. 괜히 바올라 제국이 천 년의 제국이라고 불리겠는
가.

천 년 동안 외침을 받으면서 단 한 번도 수도를 점령당한
적이 없는 나라다. 그만큼 성이 크고, 지키는 병력도 많기
때문이다. 공성전은 수성을 하는 쪽보다 공성을 하는 쪽이
힘들 수밖에 없다. 거기다 공성전은 병력의 수가 많아야 이
길 가능성이 높다. 병력이 적은 이쪽에서 수도를 공략하기
란 불가능에 가깝다는 얘기다.

"그들을 막아 내면 어느 쪽에 설지 망설이던 영주들이 우리와 함께할 것이다. 게다가 제국의 동쪽에는 날 지지하는 영주들이 많다. 그들이 나와 뜻을 함께한다면 우리는 이길 수 있다."

아루스는 자신을 지지하던 귀족들을 포섭할 자신이 있었다. 지금은 비록 가벨이 황제의 자리에 있어 꼼짝도 못 하고 숨죽이고 있지만, 아루스가 혁명을 일으킨다는 소식을 들으면 곧장 자신의 편에 설 이들이 많았다.

"전쟁을 하기 앞서 무기를 충분히 구입해야 할 것이네."

"그건 걱정하지 마십시오. 자금은 충분합니다. 저희가 라이트 스톤으로 만들어 낸 마정석을 팔면 금방 해결될 겁니다."

대답을 한 것은 벨루나 남작. 그는 마정석을 라이트 스톤으로 바꿔 자금을 마련하고 있다. 당연히 영지 관리에 쓰는 돈보다 들어오는 돈이 더 많을 수밖에 없다.

"그렇다면 식량은?"

이번의 대답은 엔더크 남작이 했다.

"올해 대풍년이었습니다. 아직 팔지 못한 식량이 창고에 산더미만큼 있으니 걱정하지 않으셔도 됩니다."

식량도 해결이다. 아루스의 시선이 마덴 남작에게 향했다.

“마덴 경의 영지에 마정석 광산이 있다고 발렌시아 사서
에게 들었네.”

“예, 얼마 전 마이셀 가문의 영지를 되찾기 위해 센티스
백작가와 영지전을 치러 마정석 광산을 탈환했습니다. 마
정석이 너무 많이 나와 전부 처리하지 못해 곤란할 지경입
니다. 혹시 모르니 남는 마정석들을 전부 팔아 자금으로 마
련하겠습니다.”

마정석을 팔면 꽤 많은 이윤을 남길 수 있다. 그렇기에
마정석을 팔아 자금을 마련하고자 물어본 것이라 생각했던
마덴. 그러나 아루스가 고개를 저었다.

“아니, 그 마정석은 남겨 두게. 그건 전투에 쓰일 테니
까.”

마법사가 몇 명이나 된다고 마정석을 전투에 쓴다는 말
인가. 엘리즈, 발렌, 이바나, 그리고 벨루나 남작가의 마법
사까지 합하면 열 명이 조금 넘는다. 마정석을 써서 손해
볼 건 없다지만, 남는 마정석의 수는 열 명이 써도 다 못 쓸
양이다.

“저…… 마법사들이 전부 사용하지 못할 만큼 많은 양입
니다만…….”

“아니, 마법사들만 아니라, 병사들 중 일부도 그것을 사
용할 예정이네.”

그건 또 무슨 소리일까? 마법사가 아니라 병사들이 사용할 예정이라니? 혹시 마법사라도 새로 양성할 생각인지 의문을 표할 수밖에 없었다.

"황자 전하. 병사들 중 마법에 재능이 있는 자를 발굴하는 것은 좋은 일이나, 그러기에는 시간이 너무도 없습니다."

마법사가 전쟁에서 제 몫을 하려면 최소한 메이지급은 되어야 했다. 메이지급에 오르는 것에 개인차는 있지만, 아무리 마법에 재능이 있는 자라고 해도 전쟁이 일어나기 전에 그 정도 경지에 오르지는 못한다. 현 상황에서 불가능한 일이라고 볼 수밖에 없었다.

아루스는 그 말을 듣고 하하 웃었다. 앞뒤 설명하지 않고 그렇게 말하면 마법사를 발굴하고자 그런 것이라고 생각할 수 있다는 것을 깨달았기 때문이다.

"내가 설명을 제대로 하지 않았으니 그렇게 생각할 만하군. 미안하네."

"아, 아닙니다."

"마법사를 발굴하고자 그런 것이 아니라, 새로운 무기를 병사들에게 훈련시켜 사용할 계획이네. 그 신무기의 재료가 마정석이기에 물어본 것이네."

아루스가 생각한 것은 바로 실린더. 이미 발렌과 이바나

가 바하족과 싸울 때 그 파괴력을 입증해 줬기에 얼마나 대
단한 무기인지 잘 알고 있다.

"어떤 무기이기에 마정석이 필요한 겁니까?"

아루스가 빙긋 웃었다. 어차피 그들도 곧 알게 될 것이
다.

"차차 알게 될 것이오. 그대들도 사용하게 될 거네. 믿어
보게. 야장 포드가 만든, 세상에 없을 엄청난 무기이지. 분
명 모든 게 불리한 판도를 한 번에 뒤집어엎을 것이네."

적은 수의 병력이라도 단번에 적들에게 큰 피해를 입히
고 사기를 꺾어 싸울 의지마저 잃게 만드는 무시무시한 무
기.

현 상황이 불리한 상황이라면, 모든 상황을 이쪽에 유리
하게 바꾸면 그만이다. 몬스터 소탕 작전과 각종 임무를 맡
으면서 여러 경험을 한 아루스. 그는 이미 어떻게 전쟁을
치를 것인지 머릿속에 전략을 짜 두었다.

"혹시 이 영지에 공방은 있는가?"

대량으로 무기를 만들 공방도 필요했다. 대장간이 마을
마다 하나씩 있는 것도 아니고, 세 남작가를 합쳐도 고작
세 개가 전부니까.

"예, 지금은 비록 문을 닫았지만 과거에 마이셀 가문이
이 영지의 주인일 당시에 있던 공방이 있습니다."

"그 공방의 상태는 어떤가?"

"20년이 넘도록 방치하고 있는 상태입니다."

마이셀 가문이 무너지고 그들도 방치하고 있었기에 공방 쪽은 다들 모르는 듯했다.

"내일 포드와 함께 가 봐야겠군."

*　　*　　*

수도의 세인브리트 황성. 황제가 된 가벨은 집무실에 앉아 머리를 쓸어 올리고 있었다. 여전히 아루스에 대한 소식은 전혀 없는 상태이다. 거금의 현상금까지 내걸었고, 수많은 현상금 사냥꾼들이 아루스를 잡기 위해 움직이는데, 이렇게까지 소식이 없을 수 있나 싶었다.

'지금까지 안 잡혔다면 다른 나라로 망명했을 가능성도 생각해 둬야 하는 건가?'

벌써 두 달이 되어 간다. 그 기간이면 벌써 국경을 통과하고도 남았을 시간이다. 가론이 추적자들을 보내 행적을 알아보고 있으나 지금까지 그 흔적조차 찾지 못하고 있다. 그 불안함으로 인해 침소에 들어도 제대로 잠을 이루지 못하고 있었다.

차라리 아루스가 망명을 해서 놓쳤다는 소식을 들었으면

싶을 때도 있었다. 그랬다면 이렇게까지 불안하지는 않았
을 것이다.

　망명했다면 아루스를 지지하는 귀족들만 해결하면 그만
이니까.

　하지만 아루스가 여전히 이 나라에서 숨죽이고 상황을
주시하고 있다면 얘기는 달라진다. 조금만 방심해도 분명
자신에게 칼을 들이밀 것이다.

　'아루스라면 분명 망명보다는 싸움을 선택할 것이다. 녀
석이라면 그러고도 남아.'

　자신에게 불명예를 주고 황위를 탈취했다 생각하고, 전
쟁을 준비할 것이다.

　"황제 폐하, 가론이옵니다."

　그의 침소 밖에서 들려오는 가론의 목소리. 가론은 마셀
의 뒤를 이어 황제의 옆을 보필하는 보좌관이 되었다. 황성
으로 들어온 지 얼마 되지 않았는데 황제의 최측근이 되다
니, 파격적인 인사였다. 이로 인해 귀족들 사이에서 반발이
컸지만, 가벨의 강경한 행동에 다들 침묵했다.

　"안으로 들라."

　그의 허락이 떨어지자 문이 열렸다. 집무실 문 사이로 앞
을 지키는 근위병들이 보였다. 수도의 비상사태는 수습되
었고 분위기가 풀렸지만, 황성은 여전히 긴장 상태였다. 언

제 아루스가 자신을 공격해 올지 모른다고 생각한 가벨이 24시간 근위대를 곁에 두었기 때문이다. 가론이 집무실 안으로 들어오자 근위병들이 문을 닫았다. 가벨이 가론의 표정이 좋지 않은 것을 보고 물었다.

"무슨 일이지?"

"안 좋은 소식을 가지고 왔다."

가론은 가벨이 황제가 되었음에도 단 둘이 있으면 황자였을 때와 다름없이 반말로 대했다.

"아무래도 우리가 당한 것 같다."

"무슨 말이지?"

"거짓 정보에 속아 추적자들의 시선이 돌아간 틈에 아루스 황자가 도망쳤다는 얘기다."

"거짓 정보에 속았다고? 네놈이 분명 도주한 아루스 황자를 돕는 자가 세인브리트 마탑의 탑주가 아닌 한 반드시 잡을 수 있다고 호언장담하지 않았던가?"

"그래. 그랬지. 농담 삼아 한 말인데, 정말 아루스 황자를 돕는 자가 탑주일 줄 누가 알았을까."

"뭐라?"

가벨이 황당한 표정으로 그를 바라보았다.

가벨도 가론의 말을 그저 농담으로 치부하고 전혀 생각하지 않았었다. 탑주가 아루스를 돕는다고? 황제가 버젓이 있는데? 쉽사리 믿지 못할 일이었다. 그 어떤 가문의 사람이라도 세인브리트 마탑의 탑주가 되는 순간부터 정치에 관여할 수 없다. 오로지 국가에 대한 충성만 있을 뿐. 이를 어겼다는 건 가만히 있을 수 없는 일이다.

"증거는?"

믿기 힘든 사항인 만큼 가벨은 확실한 증거를 원했다.

"내가 보낸 추적자가 자신을 미행하고 있던 자를 죽여 탈취한 명령서다. 자신을 뒤쫓기에 잡았는데 탑주의 명령서가 나왔다는군."

명령서에는 탑주의 인장까지 찍혀 있었다. 가벨이 명령서를 읽어 보았다. 황제가 보낸 추적자에게 거짓 정보를 뿌리라는 내용이었다.

"그리고 정말 운이 좋게도 탑주가 보낸 추적자에게서 이바나 디 엘로이와 발렌시아라는 마탑 도서관의 사서, 그리고 엘리즈 황녀에 대한 소식까지 알 수 있었다. 엘리즈 황녀가 발렌시아 사서에게 아루스 황자를 탈출시켜 달라 부탁하고, 발렌시아 사서가 일을 진행했다는군. 이바나 디 엘로이는 그들의 뜻에 동조하였고."

다 같이 행방불명되었다고 하여 의심하기는 했지만, 탑주가 사랑의 도피를 했다며 쪽지까지 보여 줬기에 믿었다. 시기가 우연찮게 겹친 것 뿐이라고 말하던 탑주. 결국 그것도 거짓이었다.

"너무 우연적이라 이상하게 생각하기는 했지만, 어쨌든 탑주도 아루스의 편이었던 게로군."

가벨이 자리에서 벌떡 일어났다.

"가론. 지금 당장 세인브리트 마탑으로 병력을 보내 탑주를 체포하라. 그가 저항할 테니 많은 병사들을 보내야 할 것이야. 반드시 그를 사로잡아라."

"명을 받들지."

*　　*　　*

이튿날이 되자, 발렌과 포드는 아루스가 함께 갈 곳이 있다 하여 그들을 불러 밖으로 나섰다. 목적지는 오래전부터 방치되었다는 공방이었다.

이바나와 엘리즈도 함께 동행했다. 이곳의 공방은 어떻게 생겼는지 구경하고 싶었던 것이다.

공방은 마녀의 숲 근처에 있었다. 드워필리지에 있는 유명한 공방보다 작긴 하지만, 그래도 규모가 만만치 않았다. 공방이 가동되면 꽤 많은 양을 생산할 수 있을 것 같았다.

오래전부터 방치되었다는 것을 한눈에 봐도 알 수 있었다. 당장에라도 유령이 튀어나올 것처럼 살벌하게 느껴졌다. 건물 외벽에는 넝쿨이 자라 공방 전체를 뒤덮었고, 나무 창문 중 몇 개는 부서져 바닥에 아무렇게나 뒹굴고 있었다.

건물 안은 더더욱 가관이었다. 공방에 방치된 도구들은 녹슬고, 바닥에는 먼지가 뿌옇게 내려앉아 있었다. 새들과 산짐승들이 보금자리로 이용했던 흔적도 발견할 수 있었다.

“이야, 예전에는 엄청난 곳이었겠지만, 지금은 완전히 폐허가 다 됐군.”

포드는 공방을 둘러보며 이곳이 얼마나 대단한 곳이었을지 상상하고 있었다.

“최소 서른 명이 이곳에서 일했을 거고, 많은 양의 물건이 찍어졌겠어.”

한때 마이셀 영지 재정관을 맡았던 벨루나 남작이 이 공방에 대해 설명했다.

“마이셀 가문에서 크게 운영했던 공방입니다. 다양한 물건들이 이곳에서 나와 전국으로 판매되었지요. 마이셀 가문의 20%의 수익이 이곳에서 발생했었습니다.”

마이셀 가문의 재정수입이 얼마나 되었는지 잘 모르지만, 20%가 결코 적은 양은 아니다. 영지에 만만치 않은 영향을 주었다는 뜻이니까.

"영지전이 벌어지거나 전시 상황일 때는 이 공방을 최대한으로 돌려 무기를 만들어 냈을 거고 말이야."

포드는 바닥에 나뒹굴고 있던 거푸집을 들었다. 검을 만들 때 붉은 쇳물을 부어 형태를 만드는 틀이었다. 포드에게 가장 익숙한 것이기도 했다. 포드는 거푸집을 원래 있던 자리에 내려놓고 작은 몸을 이용해 화로 안에 들어가 내부를 살피다가 금방 다시 나왔다.

"화로 안이 동물들 똥으로 가득하군."

포드의 얼굴과 옷에 동물의 똥이 묻어 있었다. 냄새가 고약한 모양인지 포드는 인상을 찌푸리며 코를 틀어막았다. 그 모습을 보고 발렌이 웃었다. 아루스가 포드에게 물었다.

"포드, 어떤 것 같나?"

"거푸집은 주변 대장간에서 쉽게 구할 수 있을 테고, 공방도 청소만 한다면 충분히 사용할 수 있을 것 같습니다. 방금 제가 들어간 화로도 동물들 똥으로 가득 차서 그렇지, 깨끗하게 청소하면 다시 사용할 수 있을 겁니다."

"다행이군."

너무 오랫동안 방치해서 설마 사용하지 못하면 어쩌나 했는데, 포드가 그리 말하니 안심이 되었다.

"이런 좋은 공방을 놓고 사용하지 않다니. 정말 안타까운 일입니다."

한 명의 대장장이로서 공방이 사용되지 않는 것이 가슴이 아픈 포드.

그 모습을 보고 아루스의 입꼬리가 살짝 올라갔다.

"이제부터 사용하게 될 거라네."

"오, 그렇습니까?"

"그래서 말인데, 포드. 자네가 이 공방을 맡아 줄 수 있겠는가?"

"예?"

포드는 자신의 귀가 잘못되었는지 싶어 재차 물었다. 아루스가 후후 웃었다.

"이 공방을 자네가 직접 운영할 수 있는 권한을 주겠다는 말이네. 세 남작들도 그대가 이 공방을 운영하는 것에 동의했네."

포드는 멍한 얼굴로 아루스, 엔더크 남작, 벨루나 남작, 마덴 남작을 순서대로 바라보았다. 설마 이런 큰 공방의 운영을 자신에게 맡기리라고는 생각도 못 한 것이다. 파격적인 인사나 다름이 없었고, 거절할 이유도 없었다. 포드는 감격한 얼굴로 아루스를 올려다보았다.

"물론입니다. 제가 이 공방을 맡아 최선을 다해 운영하겠습니다."

"그래. 이제부터 자네가 이 공방의 주인이네. 한데, 혼자

공방을 운영하기에는 힘들 테고, 어떻게 하면 좋을 것 같
나?”

“규모로 봤을 때 이 공방을 운영하려면 최소한 대장장이
스무 명은 있어야 할 것 같습니다. 다섯 명은 실력 있는 대
장장이로, 나머지는 신입으로 하면 되겠군요.”

“왜 굳이 나머지를 신입들로 하려는 건가?”

“일도 열심히 하고, 모르는 게 더 많으니 말대꾸도 안 해
서 부려 먹기 편합니다.”

그 말에 모두가 박장대소했다. 설마 부려 먹기 편하다는
이유일 줄은 아무도 예상하지 못했기 때문이다.

＊　　＊　　＊

세인브리트 마탑 주위를 수많은 근위병과 기사들이 포위
하고 있었다. 사람들과 마차의 통행을 막고 있는 병사들.
긴장감이 감돌고 있는 마탑. 모두가 무슨 일이 벌어지고 있
는 것인지 멀리에서부터 바라보고 있었다.

“다수의 인기척이 느껴지는군.”

평소처럼 집무실에서 일을 하고 있던 탑주가 읽고 있던
서류를 책상에 내려놓았다. 비서도 밖에서 들려오는 다수
의 인기척에 무슨 일인지 확인하기 위해 창문 너머로 밖을

바라보았다. 그리고 깜짝 놀랐다.

"타, 탑주님. 병사들이 마탑 주위를 에워싸고 있습니다."

정문을 지키던 경계병들이 당혹스러워하는 모습도 보였다. 마탑 주위를 포위할 정도면 최소 2,000명이나 되는 병력이 집결했다는 소리니까.

"탑주님, 지금 기사단장으로 보이는 자가 경계병들을 무시하고 안으로 들어오고 있습니다!"

비서는 이게 무슨 일인지 혼란스러워하고 있었다. 갑자기 기사들이 마탑에 들이닥치니 놀라지 않는 게 더 이상한 일이다.

드디어 올 것이 왔구나 싶었다. 탑주가 묵묵히 비서를 바라보았다.

"나를 보기 위해 온 것이다. 마탑의 마법사들과 일하는 이들에게 경거망동하지 말고, 소란스러워도 하던 일을 계속하라고 전하게나."

"예? 아, 예."

비서가 긴장감 가득한 얼굴로 고개를 주억이며 집무실 밖으로 나갔다. 탑주는 집무실에 오도카니 앉아 기다렸다. 여유마저 느껴지는 탑주. 그가 찻잔의 차를 전부 비우자 집무실 안으로 근위대가 들이닥쳤다.

“자네는 엘리즈가 마탑에 들어오기 전 그녀의 호위를 맡았던 그 기사단장 아닌가?”

“오랜만입니다, 탑주님. 마르크라고 합니다.”

그는 상당히 긴장된 표정으로 탑주를 바라보고 있었다.

“자네가 내 집무실에 말도 없이 찾아와도 괜찮을 정도로 친한 사이는 아니었던 걸로 기억하는데. 무슨 일인가?”

“황제 폐하의 명을 받고 왔습니다.”

“황제 폐하께서? 그렇군. 황제 폐하께서 무슨 명을 내리셨기에 자네가 날 찾아온 겐가?”

마르크가 숨을 크게 들이마시며 힘주어 말했다.

“브레트 디 엘로이. 당신을 반란 협조 죄로 체포합니다.”

결국 손을 뻗은 것이 들켰다. 위험하다는 것도 알고 있었고, 언젠가는 들킬 일이라는 것도 잘 알았다.

이렇게 될 것이라는 걸 진즉에 알고 있었다. 탑주가 천장을 바라보며 크게 한숨을 내쉰다. 그가 가만히 자리에 앉아 천장만 바라보고 있자, 마르크가 정중히 말했다.

“수사에 응해 주시길.”

다른 이였으면 강제로 끌고 갔겠으나, 마르크는 정중히 그에게 부탁하고 있었다. 그가 괜히 세인브리트 마탑의 탑주겠는가. 만일 탑주가 무력을 사용해 도망치려고 한다면 근위 기사들도 꽤 애를 먹어야 될 것이다. 마탑 주위에 근위 기사와 근위병들이 다수 모인 것도 다 그 때문이었다.

"수사에 응하라……."

마르크의 말을 곱씹으며 혼잣말로 중얼거리는 탑주.

꼴깍.

긴장감이 감돌았다. 근위대는 조금이라도 탑주가 저항할 의사를 보이면 칼을 뽑을 것이다. 대륙 최고의 마법사가 저항하면 어찌 될지, 감이 잡히지 않는다. 긴장감으로 가득 찬 집무실. 한 명만 움직여도 당장 칼과 마법이 부딪칠 판이다. 마르크의 이마에서 흐른 땀이 뺨을 타고 땅바닥에 떨어졌다.

그와 동시에 탑주의 양손이 들렸다.

"좋아, 응하도록 하지. 구속하게."

도망이 아닌, 수사에 응하는 쪽으로 정한 탑주가 팔을 내밀었다. 너무 순순히 따라 주자 마르크는 당황했으나 한편으로는 안심했다.

마법사를 싫어하는 마르크가 매우 드물게 탑주에게 경례를 하며 그를 구속했다.

Chapter 08
전쟁 준비

내가 가진 것은 초라한 검 한 자루. 그러나 내 마음에 품은 것은 거대한 자긍심. 그 어떤 위협이 있더라도 내가 먼저 달려가 이 나라를 위해 내 한 몸 기꺼이 불태우리.

—『드래곤 슬레이어, 다이묘 폰 남바른 일대기』 中 발췌—

* * *

세 남작들과 아루스가 저택으로 돌아갔다. 발렌과 이바

나, 엘리즈, 포드는 공방에 남았다.

우선 공방을 운영하기에 앞서 해야 할 것이 이 공방의 청소였다. 흙먼지가 가득하고, 가을에 떨어진 나뭇잎도 뻥 뚫린 창틈으로 들어와 쌓여 있다. 하루 이틀 만에 끝낼 수 있는 양이 아니었다.

하지만 전쟁에 대비하기 위해서는 하루 빨리 공방을 가동해야 했다.

다행히 엔더크 남작이 오늘 마을 사람들을 고용하겠다고 했다. 이 인원으로는 금방 끝날 것 같지 않아서다. 내일부터 다수의 인력이 청소를 할 수 있을 것이라고 하니 안심이다.

"괜히 따라왔나. 여기 청소하려고 따라온 게 아닌데."

이바나는 불평불만을 토해 내면서도 열심히 청소를 도와주고 있었다.

포드는 화로들의 상태를 확인하고, 그 내부를 청소하고 있다. 발렌은 공방 내부의 나뭇잎을 자루에 담아 밖으로 던지며 이바나에게 말했다.

"오늘만 도와주세요. 아, 거기에 놓인 도구들은 뒤쪽에 창고가 있으니 따로 분류해서 두시면 돼요. 나중에 포드 아저씨가 사용할 수 있게 따로 정비한다고 하셨으니까요. 아, 리즈. 흙들은 빗자루로 쓸어서 전부 밖으로 버려 줘."

포드가 화로를 점검하고 청소하느라 지휘를 못하자, 청소에 일가견이 있는 발렌이 자연스럽게 지휘를 하게 되었다. 이바나는 이를 보고 기가 막힌 얼굴을 지었다.

"난 귀족이고, 리즈는 황족인데 우릴 너무 막 부려먹는다?"

발렌은 모르는 척 어깨를 으쓱했다.

엘리즈는 발렌과 포드만 남아 청소하면 힘들 것 같다 하여 손을 보태 준 것이다. 이바나는 엘리즈에게 이끌려 반강제로 이 일을 하고 있었다. 괜히 따라왔다고 크게 후회하며 이바나가 큰 한숨을 내쉬었다. 화로 내부를 확인하던 포드가 화로 밖으로 나와 발판을 누르기 시작했다.

후욱! 후욱!

바람이 들어가는 소리가 울린다. 그것을 보고 포드가 껄껄 웃었다.

"이야, 20년 동안 사용하지 않은 풀무가 아직도 작동한다니. 화로가 전부 정상이야. 이거 굉장히 놀랍군!"

무엇이든 오랫동안 방치해 두면 망가지기 마련이다. 포드는 오랫동안 사람의 손길을 타지 않고도 고장이 안 난 화로를 보고 연신 감탄을 하고 있었다.

"이놈들로 하여금 내 작품들이 나온다 이거지?"

포드는 얼굴에 웃음이 떠나가질 않았다.

"그렇게 기쁘세요?"

"그럼! 이렇게 큰 공방을 내가 관리 감독을 하게 되는 날이 오다니. 얼마나 흥분이 되는지 몰라."

홀로 대장간을 하면서 야장이라는 명성을 떨쳤지만, 공방을 갖는 것은 다른 문제다. 포드는 세상을 다 가진 것처럼 기뻐했다. 포드가 기뻐하는 모습을 보니 절로 미소가 피어올랐다. 포드는 누구보다 분주히 움직이며 공방의 도구들을 살폈다. 그리고 방도 둘러보았다. 어디에서부터 기관들이 이어지고, 어떤 시설이 있는지 다시 점검하기 위해서다. 그러던 그가 뭔가를 발견했다.

"오, 여기는 숙직실인가?"

숙직실이라는 말에 발렌과 이바나, 엘리즈가 하던 것을 멈추고 구경하러 가 보았다. 숙직실에는 나무 침대와 책상이 놓여 있었다.

다행히 숙직실 나무 창문은 망가지지 않은 상태였다. 포드가 문을 열기 위해 손을 들었지만, 손이 닿지 않았다.

"너무 높군!"

포드가 까치발을 들어도 손이 닿지 않았다. 결국 창문을 여는 것을 포기한 포드. 발렌이 조심스럽게 물었다.

"포드 아저씨. 제가 열어드릴까요?"

"괜찮아. 잠시 기다려 봐."

포드가 갑자기 어딘가로 가더니 상자를 가져와 창문 바로 앞에 놓았다. 상자를 발판 삼아 올라간 포드. 그제야 창문에 손이 닿았다. 창문을 활짝 연 포드가 밖의 전경을 보고 감탄을 자아냈다.

"이야, 밖이 훤히 다 보이는군. 거기다 바로 앞이 뻥 뚫려 있어서 시원하고 말이야."

여전히 세기어 왕국의 기후에 익숙한 포드는 찬바람을 맞고도 껄껄 웃었다. 그에게 이 정도 바람은 시원한 정도인 모양이다. 발렌과 이바나, 엘리즈는 누가 먼저라고 할 것 없이 찬바람에 몸을 떨었다.

"오늘부터 여기서 자면 되겠군."

"예? 오늘부터요?"

오들오들 떨던 발렌이 의아한 시선으로 그를 바라보았다. 저택을 놔두고 이곳에서 자겠다고 하니 이해할 수 없는 것이다. 잠자리도 따뜻하고, 식사도 맛있는 저택. 나중에 청소가 마무리되었을 때 생활해도 괜찮을 텐데 굳이 오늘부터 이곳에서 지내겠다고 하는지 이유를 모르겠다.

포드는 발렌이 무슨 생각을 하는지 눈치챈 듯 웃으며 말했다.

"저택이 좋기는 하지만, 나랑 너무 안 맞아서 말이야. 무엇보다 다 같이 모여 품위 있게 식사하는 것을 보면 나도 조심해야 하니 불편해 죽을 맛이야.”

남들에게 말하지는 않았지만, 포드는 그런 분위기가 상당히 어색할 수밖에 없었다. 다들 칼질을 할 때조차 소리를 내지 않고 식사를 하니, 그 분위기에 동화되기 힘든 것이다. 세기어 왕국은 귀족이든 평민이든 편하게 떠들면서 식사하는 게 당연시 되는 곳이다. 왕족들은 모르지만, 최소한 포드가 아는 한 귀족들도 그렇게 식사를 했다.

“그런 사정이 있으시면 제가 엔더크 남작에게 말했을 텐데.”

“젊은 친구가 날 챙겨 주는 건 고마운 일인데, 나 하나 때문에 나머지가 불편한 건 안 될 일이지. 그래도 날 생각해 주는 건 젊은 친구밖에 없군. 고마워.”

발렌은 멋쩍은 얼굴로 머리를 긁적였다. 식사 때 떠들썩하게 먹는 게 당연한 세기어 왕국과 달리 이 나라는 귀족들이 식사 때 대화하는 게 예의가 아니다. 포드 입장에서는 매우 불편했을 것이다.

“식사는 내가 알아서 챙겨 먹으면 돼. 이 나라에도 감자는 있지?”

직접적으로 말하지 않았지만, 음식이 맞지 않아 힘든 것도 있었다는 것을 눈치챌 수 있었다.

발렌과 이바나가 처음 세기어 왕국에 갔을 때 그랬다. 하루 이틀 정도야 맛있게 먹을 수 있었지만, 3일째 되는 날에는 달랐다. 기름진 음식과 감자만 먹어 질릴 수밖에 없었다. 그런 음식만 봐도 속에서 올라올 정도니 말은 다했다. 아마 포드도 똑같았을 것이다. 기름진 음식과 감자만 먹던 그가 기름지지 않은 바올라 제국의 음식만 먹기란 무척 힘들었을 것이다.

"예."

"그럼 됐어. 시장에 가면 감자도 팔겠지?"

세기어 왕국의 주식은 감자다. 당연히 가장 먼저 찾는 것이 감자일 수밖에 없었다.

"아마 찾아보면 있을 거예요. 세기어 왕국처럼 겨울에 농작물을 재배하는 기술이 없어서 가격은 비싸겠지만요."

"돈은 많이 있어. 정 안 되겠다 싶으면 젊은 친구한테 말할 테니까 걱정하지 마."

발렌이 고개를 주억였다.

*　　　*　　　*

퍽! 퍽!

요란한 타격음이 울려 퍼진다. 넓은 공간에 마련되어 있는 통나무가 땅에 단단히 박힌 채 매몰차게 목검에 맞는 소리였다. 수련장에서 검을 휘두르는 리젠느. 이미 땀으로 범벅이 되었건만, 그녀의 팔은 멈출 줄 몰랐다.

"아가씨."

계속 지켜보던 제니와 앤이 그녀에게 다가와 붙잡았다.

"오늘은 여기까지 하시는 게 좋을 것 같습니다."

"아니, 아직 멀었어. 더 할 거야."

힘을 갈구하는 눈빛.

슈벤 소탕 이전부터 힘을 원하던 리젠느였지만, 발렌과 싸우고 난 뒤 더욱 광적으로 힘에 매달리고 있었다. 리젠느는 제니와 앤을 뿌리치고 다시 목검을 잡고 휘둘렀다. 그러나 너무 몸을 혹사 시켜 지친 듯, 목검을 놓치고 말았다.

"아가씨."

앤이 다시 그녀에게 다가와 손을 살폈다. 손바닥이 찢어져 피가 나고 있었다. 수련을 위해 검을 휘두르는 게 아니라 오로지 화를 풀기 위해 휘두르는 것이기에 손이 버티지 못한 것이다. 제니가 가지고 있던 손수건을 꺼내 그녀의 손을 칭칭 감았다.

손수건으로 손을 지혈하는데, 그녀가 다시금 목검을 잡았다. 앤이 극구 말렸다.

"아가씨. 그만하시는 게 좋을 것 같습니다."

"이대로 포기할 순 없어. 날 가문에서 내쫓은 것을 후회하게 만들겠어. 발렌시아 그놈의 코도 반드시 납작하게 만들 거야. 두고 봐.”

리젠느가 그녀를 째려보았다. 말리지 말라는 것이다. 그러나 그녀의 몸이 먼저라 생각한 앤은 물러나지 않았다.

“수련도 좋지만 너무 혹사시키면 몸을 망칠 뿐입니다. 계속 그러시면 저희들이 곤란해집니다.”

한동안 앤과 리젠느가 눈싸움을 했다. 한참 서로를 바라보다가 결국 리젠느가 먼저 손을 놓기로 했다.

“알았어. 그만하면 될 거 아니야.”

기사직을 박탈당했기에 이렇게 수련장에 와서 홀로 수련하는 것도 당연히 불가능한 일이다. 엔더크 남작이 저택을 비웠기에 가능한 일이다. 이 일을 들키게 되면 그녀를 감시하는 앤과 제니가 곤란해질 수밖에 없었다. 아무리 남작의 시야 밖에서 저지르는 일이라고는 해도 어느 정도 선을 그을 수밖에 없었다.

“내가 고집을 부렸지? 미안.”

어느 정도 머리가 식은 그녀가 먼저 사과를 했다. 제니와 앤은 말없이 고개를 숙일 뿐이다. 비록 그녀가 가문에서 박탈을 당하고 발렌의 몸종이 되었다지만, 그녀들만큼은 여전히 리젠느를 전처럼 귀족으로 모시고 있었다.

리젠느는 이쯤하고 돌아갈까 생각했다. 슬슬 엔더크 남

작이 돌아올 때니까. 이곳에 있다는 것을 들키면 제니와 앤도 곤란하게 될 것을 생각했다.

수련장을 정리하고 저택으로 향하려는 리젠느. 그때, 이쪽으로 오는 이와 마주쳤다.

금발의 에메랄드 빛 눈동자를 가진 미남자였다.

"아루스 황자……."

으득!

리젠느가 이를 악물었다. 타고난 재능과 황실 대대로 내려져 오는 비전으로 힘들이지 않고 오러 나이트에 올라선 아루스. 게다가 발렌이 이 영지에 오게 된 원인이 아루스 때문이니 싫어할 수밖에 없었다. 당장 눈앞에서 사라져 줬으면 좋겠지만, 아루스는 리젠느를 보고 곧장 이쪽으로 오고 있었다.

"황자 전하."

리젠느가 아무렇지 않은 듯 자신의 표정을 숨기며 그를 맞이했다. 그녀를 바라보던 아로스의 시선이 곧 손으로 향했다. 손수건으로 둘러싼 손. 리젠느가 급히 손을 뒤로 숨겼다.

"수련을 하고 계셨습니까?"

"……예."

뒤늦게 대답하는 리젠느. 그녀가 이곳에 있고, 손을 다쳤다는 것을 보니 검을 휘두르다가 이렇게 되었다는 걸 어렵지 않게 눈치챌 수 있었다. 무릇 기사라면 한 번씩 겪는 일이다. 그녀가 시선을 회피하면서 살짝 눈치를 보는 게 느껴졌다.

"엔더크 경에게는 말하지 않을 터이니 걱정하지 마십시오."

"……감사합니다."

기사직을 박탈당한 리젠느. 그럼에도 여전히 수련을 하고 있다는 것을 엔더크 남작이 알면 리젠느도 곤란해진다.

아루스는 사람 좋은 미소를 지으며 손을 뻗어, 뒤로 숨긴 그녀의 손을 잡아당겼다. 손을 둘러싼 손수건이 붉게 물들어 있었다. 피가 많이 나고 있었다. 감싸지 못한 손가락 살도 쓸린 것이 보였다. 그녀의 손에 있는 굳은살을 보고 그간 수련을 게을리 하지 않았다는 것도 알 수 있었다. 굳은살마저 쓸려 피가 나올 정도면 도대체 얼마나 검을 휘둘렀다는 것인지 짐작하기 어려웠다.

"검사의 손은 그간 어떤 노력을 했는지 알 수 있는 역사서나 다름이 없지요."

"……."

리젠느는 말없이 침묵했다. 아루스는 그녀의 손을 보고 그녀가 뼈를 깎는 심정으로 검을 휘둘렀다는 것을 눈치챌 수 있었다.

생각을 잊기 위해 검을 휘두르는 것은 누구나 겪는 일. 그녀의 손에는 노력의 흔적보다 그러한 방황의 흔적이 더 많았다.

"왜 그렇게 강해지고 싶으신 겁니까?"

"……."

손만 보고도 자신이 어떤 식으로 수련했는지 눈치채 버렸다. 아루스의 눈썰미를 피할 수는 없을 것 같았다. 리젠느가 손을 뺐다.

"아루스 황자 전하께서는 이해하지 못하겠지요. 재능과 황실의 비전을 통해 어렵지 않게 강해지셨으니까요."

리젠느는 아루스와 다르다. 아루스는 대륙 최연소 오러 나이트가 된 실력자다. 재능이 뛰어나 마흔 살이 되기도 전에 마스터가 될 것이라고 촉망받던 인재가 아니던가.

하지만 리젠느는 그에 비해 재능은 어중간하고, 그 어중간한 재능을 커버할 비전도 없다. 그녀가 오러 유저까지 오를 수 있던 것도 전부 노력 덕분이었다.

"저는 고작 오러 유저밖에 안 되는 사람입니다. 금방 이것을 극복해 아버지의 뒤를 따를 수 있을 거라 생각했습니다. 하지만 몇 년이 지나도 계속 제자리걸음이었습니다."

처음에는 힘내라고 응원하던 엔더크 남작. 그러나 한 경지에 계속 머무르니 엔더크 남작은 한계가 왔다고 판단한 듯 이제는 형식상의 격려도 해 주지 않았다. 그녀의 재능은 여기까지라고 생각한 것이다. 그리고 그 생각을 하기 무섭게 검을 내려놓고 시집을 가라고 말했다.

"아루스 황자 전하께서는 잘 모르시겠지요. 기사로서 긍지를 가진 자가 시집이나 가라는 말을 듣는 게 얼마나 수치스러운 일인지."

익스퍼트에 올랐다면 조금 달라졌을지도 모른다. 그러나 리젠느는 익스퍼트라는 거대한 벽 앞에 몇 년이나 막혀 있는지 모른다. 스스로도 한계를 느끼고 있었다. 그러나 현실을, 자신을, 아버지를, 여자라서 안 된다는 시선을 뒤바꿀 수 있다는 생각으로 열심히 임했다. 그러나 그 결과가 이거였다.

"스스로 약하다는 걸 인정하지 못하고 힘만 갈구하는 이는 강해질 수 없습니다."

발렌시아가 싸우기 전에 자신에게 했던 말과 비슷했다.

"황자 전하께서 그런 말씀을 하시다니."

"저도 약합니다. 스스로 말하기는 부끄럽지만, 항상 촉망받는 인재라는 말을 듣고 살았지요."

자신의 얼굴에 금칠을 하는 것이 부끄러운 듯 아루스가 뺨을 붉적였다. 그러나 그의 얼굴은 곧 진지해졌다.

"하지만 전 그것을 전부 부담으로 느꼈습니다. 제가 최고가 되어야 한다는 부담으로요. 그리고 그것은 형님의 질투로 이어졌지요."

아루스와 달리 모든 것이 어중간한 가벨. 검에도, 마법에도 어중간하게 재능이 있었지만 검에 흥미가 있어 기사가 된 가벨이다.

어렸을 적 아루스의 눈에 비친 가벨은 엄청난 노력가였다. 일이 잘 안 풀리는 등 고민이 생기면 이를 잊기 위해 검을 휘두르던 가벨. 어쩌면 지금의 아루스는 과거 자신에게 잘해 주던 가벨이 완성해 준 것일지도 모른다. 재능이 없더라도 그것을 극복하고자 노력하던 모습은 아루스의 눈에 굉장히 멋져 보였고, 지금 아루스가 있게 한 기둥이 되었다.

그러다가 한계에 부딪치고 좌절했는데 하필 그 당시 아루스가 자신의 경지를 추월해 버리니 그때부터 형으로서의 자존심이 내려앉았을 것이다. 자신의 실력에 회의감을 느끼는 데다 남들이 동생과 비교하기까지 하자 점점 아루스를 질투하고 멀리했다. 그 때문에 힘을 광적으로 믿는 자의 무서움이 무엇인지 잘 알고 있다.

그 결과가 바로 지금 아루스의 상황이지 않던가. 매우 극단적으로 치닫게 된 것이지만, 그만큼 힘을 갈구하는 이들은 자신의 이중성을 생각지 못하고 오로지 힘을 위해서 혼이라도 팔아 버리는 사람이 되게 마련이다.

"힘을 갈구하는 것은 나쁘지 않습니다. 그러나 레이디께서는 막연히 힘만 원할 뿐, 자신의 나약한 점을 인정하지 않으려고 하십니다. 힘에 광적으로 매달리면 결국 자신을 끝없이 아래로 추락시키고 말지요."

가벨을 보면서 느낀 것이 많은 아루스. 가벨과 리젠느는 서로 상황이 다르지만 공통점이 있었다. 남들의 비교 대상이 되었다는 것과, 장기간 벽에 부딪치며 좌절하고 그 결과 힘에 목말라하게 되었다는 것이 그러했다.

리젠느는 옆에서 제어해 주는 이가 있어 이 정도지만, 가벨처럼 제어해 주는 이가 사라졌을 때 그와 같은 모습이 될 가능성은 언제나 열려 있다. 극단적인 선택으로 아래로 추락하는 모습이 상상이 갔다. 누군가는 그녀의 선택에 의해 피해를 입게 될 것이고, 그녀 스스로도 통제하지 못하거나 잘못을 저지르고도 그것이 잘못인지 모르는 경우도 생길 것이다.

"재능과 비전은 그 사람에게 힘을 더해 주지만, 진정으로 강하게 만들지는 못합니다. 재능과 비전에 의지하지 않고 오직 노력으로 검을 잡은 이가 자신의 길을 개척하는 법이며, 진정한 강자입니다."

아루스는 누군가에게 조언을 해 주거나 한 적이 없었다. 누군가를 가르칠 만한 수준이 아니라고 생각했기 때문이다. 하지만, 가벨과 똑같은 그녀를 무시할 수 없었다. 그녀와 가벨이 너무나도 겹쳐 보인 탓에, 또 다른 이가 추악한 모습으로 던져지는 걸 가만히 볼 수 없었다.

"누구라도 힘을 원하지요. 하지만 힘을 원한다면 때로는 자신의 약함을 인정하고 보듬어 줘야 합니다. 자신의 약함을 아는 것이야말로 진정한 강자이며, 후에 그것이 자신을 성장시킬 원동력이 될 테니까요."

그 말에 리젠느의 동공이 크게 흔들렸다. 발렌에게 들었던 것과 같은 말이지만, 그에게 듣게 되니 다른 느낌이다.

발렌은 리젠느와 대치하면서 자신에게 좋은 쪽으로 상황을 돌리기 위해 설득하고자 그 말을 했다면, 아루스는 진심으로 그녀를 걱정하고 이 상황을 타파해 주기 위해 말하고 있었다.

누가 더 진심으로 그녀를 도와주려는 것인지는 명백했다. 한 명은 설득, 다른 한 명은 도움이다. 도움을 주고자 하는 이의 말이 귀에 더 잘 들어올 수밖에 없었다.

"……."

"……."

멍한 표정으로 아루스를 응시하는 리젠느. 무례를 저지

르고 있다는 것도 모른 채. 그녀는 깊은 생각에 빠졌다. 머릿속이 뒤죽박죽이었다. 확실한 것은 그의 말은 정확히 리젠느의 심금을 울렸다는 것이다.

리젠느가 곧이어 그 자리에 털썩 주저앉더니 가부좌를 틀고 생각에 잠겼다. 그동안 옥죄고 있던 답답함을 해소할 방법을 그의 말에서 찾을 수 있을 것만 같았다.

앉자마자 생각에 잠긴 그녀는 주위에서 무슨 일이 벌어져도 모를 것 같았다. 제니와 앤이 그녀를 지그시 내려다보다가 아루스에게 고개를 숙였다.

"감사합니다."

아루스는 아무것도 아니라며 손을 저었다. 아루스는 그녀를 가만히 놔둘 수 없었던 것뿐이다. 이렇게라도 그녀가 성장하고, 생각과 마음을 고쳐먹는다면 모난 길로 가는 일은 없어질 것이다.

'나답지 않게 오지랖을 부렸군.'

그래도 싫은 느낌은 아니다. 자기 위안일 수 있지만 가벨처럼 추한 모습으로 변하지 않게 한 것만으로도 충분히 만족스러운 일이다. 앞으로 발전하느냐, 마느냐는 오로지 그녀의 마음가짐에 달려 있다.

"엔더크 경에게 수련장에 있을 것이라고 했습니다. 수련 도중에 저를 찾으면 방해가 될 것이라 생각할 테니 한동안 오지 않을 겁니다.”

　아루스는 그녀의 맞은편에 앉았다. 원래 검을 휘두르려고 왔지만, 산만하게 하면 그녀의 집중력이 떨어질 수 있으니 명상을 하기로 했다. 곧이어 아루스도 무념무상의 경지에 도달했다. 제니와 앤은 그들의 수련이 끝날 때까지 자리를 지켰다.

＊　　＊　　＊

　농촌은 겨울이 되면 할 일이 급격히 줄어든다. 겨울이 되면 가을에 추수한 식량으로 일 년을 보내며, 사냥이나 벌목으로 부족한 돈을 채우기도 한다. 올해는 대풍년이었던 덕분에 영지민들도 이번 겨울을 따뜻하게 보낼 수 있었지만, 할 일 없이 보내기는 싫어했다. 때마침 공문으로 마녀의 숲쪽에 위치한 버려진 공방의 청소를 도울 영지민들을 찾자 사람이 몰렸다.

　보수가 생각보다 괜찮아 많은 영지민이 지원했고, 공방은 청소를 하려는 사람들로 북적였다. 청소를 위해 온 사람의 수가 무려 스무 명. 이 정도면 오늘이나 내일 중으로 청소를 끝마칠 수 있을 것 같았다.

　“이거 한시름 놨군. 엔더크 남작에게 고맙다고 전해 줘,

젊은 친구.”

발렌이 청소에 지원한 사람들을 인솔해 오니 포드가 껄껄 웃었다. 말한 대로 어젯밤부터 공방 숙직실에 머문 포드는 혼자 남아 밤에도 일을 한 모양인지, 부서지고 고장 난 나무 창문들을 모두 수리해 놓은 상황이었다.

“창문을 모두 수리하셨네요?”

“맞아. 모두 새 걸로 교체했지. 마침 인근에 제재소가 있더라고. 거기서 나무를 구해서 새벽까지 작업했지.”

“혹시 나무도 직접 깎으신 거예요?”

“비슷한 크기로 샀는데 조금 커서 잘랐지.”

그걸 하루 만에 다 했다니. 나무를 깎는 건 그렇다 치고 이 공방의 창문 수가 한 두 개가 아닐 텐데 벌써 끝냈다는 말에 발렌이 굉장하다는 얼굴로 그를 바라보았다. 포드가 어깨를 들썩이며 가슴을 쭉 폈다.

“드워프의 손재주를 우습게 보지 말라고, 젊은 친구. 인간들이 일하는 양과는 차원이 다르니까.”

그러고 보니 어제 포드는 화로를 당장 가동할 수 있도록 정비까지 다 해 둔 상황이다. 이제 내부 청소를 마치고 제대로 가구를 갖추고, 대장장이들을 고용하면 언제든 공방을 가동시킬 수 있다.

“역시 포드 아저씨는 대단하시네요.”

"어험, 당연하지! 내가 누군데."

포드는 부끄러워하지 않고 칭찬에 더욱 콧대가 높아졌다. 드워프는 자기애가 강한 종족이며 본인을 금칠하는 것도 서슴지 않는다. 남의 칭찬은 더더욱 즐기는 편이다. 발렌이 양손을 허리에 올리고 콧대를 세우는 포드를 보고 미소를 지었다.

＊　　＊　　＊

세인브리트 황성. 국사를 논하는 것이 끝나고 슬슬 침소로 들 시간. 빠듯한 일정을 끝마치고 침소에 들어온 가벨은 인상을 찌푸렸다.

"정말이지, 네놈은 항상 짐을 놀라게 하는구나."

가론은 의자에 앉아 있었다. 게다가 양쪽 발을 책상에 올려두고 있었다. 남들이 봤으면 기겁할 일이다. 감히 황제의 침소에 무단으로 들어온 것도 모자라 저런 행동을 하다니. 가론이 아니면 하지 못할 행동이다.

"어서 와라."

"……."

마치 자신의 집에 초대한 것처럼 가벨을 맞이하는 가론. 가벨은 황당한 얼굴을 한 채 침대에 앉았다.

“이번에는 무슨 일이지?”

바로 본론부터 물어보는 가벨. 서론을 꺼내 봤자 자신을 놀리는 말밖에 더하겠는가. 얼른 그가 찾아온 이유부터 듣고자 물어본 것이다. 가론은 종이를 꺼냈다.

“아루스 황자의 행적을 알아냈다. 어디에 있는지, 또 무얼 하고 있는지 말이야.”

가벨의 눈이 휘둥그레졌다. 희소식이었다. 그간 행적이 묘연했던 아루스의 행적을 드디어 알아낸 것이다.

“아루스는 어디 있지? 망명을 한 건가?”

망명이면 더더욱 희소식이나 다름이 없다. 아루스의 성격상 절대 망명은 하지 않을 거라 생각하기는 했지만, 그래도 일말의 희망이 있으니 그것에 기대고 싶은 것이 사실이다. 하지만 애석하게도 가론은 고개를 저었다.

“아루스 황자는 현재 엔더크 남작령에 있다.”

“엔더크 남작령?”

가벨은 잘 모르겠다는 얼굴이었다. 가론이 한심하다는 듯 그를 바라보았다.

“일국의 황제라는 녀석이 자기 나라의 영지도 모르다니. 쯧쯧.”

무시를 받은 것에 가벨의 표정이 찌푸려졌다. 그러나 뭐라고 하지는 않았다. 하지 못했다는 것이 정답이다. 가론의 말처럼 한 나라의 군주가 자신이 다스리는 나라에 있는 영지 이름을 모른다는 것은 말도 안 되는 일이다.

갑작스레 국사를 돌보느라 정신이 없는 것도 그렇지만, 공부가 많이 부족한 것도 사실이다. 가벨이 아는 것은 이 나라에 영지가 몇 개나 되는지 뿐이다. 수도 인근 영지는 대충 알아도 변방 영지까지 신경 쓰지 않았다.

가론이 혀를 차며 지도를 꺼냈다. 설마 싶었지만 지도를 가지고 오길 잘했다. 그가 가지고 온 지도는 바올라 제국의 지도였다.

"자, 여기 동부가 시작되는 이 작은 영지가 엔더크 남작령이다. 동부 변방 영지를 실질적으로 지배하는 센티스 백작가로 향하려면 반드시 거쳐야 하는 곳이지."

가론이 손가락으로 짚어 엔더크 남작령이 어딘지 알려 주었다. 확실히 작았다. 남작가니 당연히 영지의 크기가 작을 수밖에 없지만, 지도에 표시하기 힘들 정도로 너무 작았다.

"꽤 멀리도 갔군."

추적자와 현상금 사냥꾼의 시선이 북쪽으로 향할 때, 그들은 열심히 동쪽으로 향해 그들의 시선을 피할 수 있었다.

"내가 사람을 보내 알아본 바로, 최근 그 영지에 이런저런 일이 많이 생기고 있다는군. 버려진 공방을 갑자기 다시 가동시키려고 한다든가, 병장기와 식량을 확인한다든가. 무기 생산량이 늘어났다든가. 딱 전쟁 준비를 하는 모습이지. 영지전이 끝난 지도 한참 되었는데 말이야."

그 영지를 기반으로 다시 재기할 생각을 하는 아루스의 결정을 알아챈 가벨은 인상을 찌푸렸다. 아루스가 싸우기로 마음을 먹었다면 둘 중 한 명이 끝날 때까지 절대 물러나지 않을 것이다.

"한데 재미있는 점은 이 영지의 병사들은 500명이라는 것이다."

"뭐? 몇 명? 500명?"

"실수로군. 최대 500명이다. 많이 쳐줘도 그 정도 있다는 뜻이지."

최대 500명. 그러니까 그 수보다 적을 가능성이 크다는 소리다. 가벨이 황당한 표정을 짓는 것도 이해는 갔다. 자신과 붙어 보고자 한다면 자신을 지켜 줄 든든한 영주에게 가야 할 텐데 말이다. 만 명이 넘는 병력을 부릴 수 있는 영주에게 가도 힘들 텐데, 고작 500명? 최대 500명밖에 안 되는 병력을 가진 영지에 가서 무엇을 도모한다는 말인가!

"내가 어지간히도 얕보인 모양이로군."

가벨이 아득 이를 갈았다. 그는 아루스가 자신을 무시한다고 생각한 것이다. 적은 병력으로도 이길 수 있다는 듯한 태도로 보였다.

아루스가 왜 그곳으로 갔는지 자세한 내막을 모르는 가벨은 그렇게 생각할 수밖에 없었다. 아루스가 굉장한 검사라는 것은 인정하는 바이지만, 그렇다고 이렇게까지 무시당하는 것은 기분 나쁠 수밖에 없었다.

오랫동안 그의 옆을 지켜본 가론은 그의 심정이 어떤지 잘 아는 바이지만, 딱히 위로해 줘야겠다거나 하는 생각은 들지 않았다. 애초에 그런 관계도 아니고 말이다. 서로 하고자 하는 일이 같으며, 원하는 것을 얻고자 하는 관계일 뿐이다.

"아루스 황자는 전략에 능하다 들었다."

"매우 뛰어나지."

인정하고 싶지 않지만 그것은 사실이다. 아루스는 검사로서 매우 뛰어난 기량을 가지고 있으며, 훌륭한 지략가이기도 했다. 오래전부터 이런 것에 관심이 많았고, 실제로 몬스터 준동이나 산적 소탕 등을 진두지휘하여 공적을 세운 적도 꽤 된다.

지금까지 아루스가 지휘해서 패배한 전투는 단 한 번도 없었다. 무작위로 달려드는 몬스터나, 아무런 전법도 모르는 산적들을 상대로 한 전투지만, 그래도 단 한 번도 패배하지 않은 것은 대단한 일이다.

“실제 전쟁은 다른 법이다. 게다가 실질적인 전황은 네가 더 유리하다. 넌 대륙 최고의 기사들과 마법사를 부릴 수 있는 황제니까.”

“……”

그 말을 듣자 안심이 되는 가벨. 그렇다. 그는 황제다. 대륙 최고의 기사인 황실 근위대와 황실 마법사, 그리고 세인브리트 마탑의 마법사까지 있지 않던가! 고작 500명밖에 안 되는 영지쯤은 쉽게 격파할 전력을 보유하고 있다.

“지금 당장 병력을 차출해 진격시키는 게 좋겠군.”

가론은 그의 말에 기가 찬 표정을 지었다. 이길 수 있다는 자신감은 좋으나, 그는 아무런 준비도 없이 움직이려고 하고 있었다.

“전쟁이란 병력의 수로만 해결되는 것이 아니다.”

전쟁에서 가장 기본적인 것은 병사들이지만, 그렇다고 숫자가 전부는 아니다. 대규모 병력과의 전쟁에서 훨씬 적은 수의 병사로 이긴 역사는 각국마다 여럿 있으며, 이는 바올라 제국도 예외는 아니다. 그것이 바탕이 되기 위해서는 그만큼 준비가 철저해야 하고, 능수능란하게 작전을 펼쳐야 한다.

“왜 그러지? 아루스가 어디 있는지 안다고 하지 않았나. 그렇다면 녀석이 대비를 하기 전에 공격하러 가야지.”

"네놈이 왜 그렇게까지 공적을 못 세웠는지 알 것 같군."

가론은 한심하다는 듯 고개를 저었다. 당장 눈앞에 있는 먹이의 유혹을 참지 못해 사냥꾼이 놓은 덫에 걸리는 사냥감이나 다름이 없지 않은가. 몬스터 준동 당시 고블린 무리에게 처참하게 패배한 것을 교훈 삼아도 모자랄 판에 또다시 그런 과오를 범하려 하고 있다.

"아루스 황자가 불리한 것은 사실이지만 그는 최대한 유리한 싸움을 하려고 할 것이다. 병력이 적으니 그만큼 우리를 귀찮게 하면서 농성을 하든 뭘 하든 본격적인 전투를 치르려고 하겠지."

"흥! 피해를 입을 각오로 해도 우리의 수가 더 많고, 질적으로도 좋다. 성문을 걸어 잠가 농성에 들어간다 하더라도 시간이 지나면 항복할 수밖에 없겠지."

'녀석은 교훈을 얻을 줄 모르는군.'

무식하면 용감하다더니. 딱 그를 두고 하는 말이었다. 아무리 주군의 명령이라지만 이런 녀석을 옆에서 보필하고 있는 자신도 참 초라하게 느껴졌다. 기껏 황제로 만들어 줬더니 또 우를 범하려는 것을 두 눈 뜨고 보지 못할 것 같다.

"피해를 얼마나 입던 내 알 바 아니지만, 그러다가 오히려 네놈이 더 궁지에 몰릴 수 있고, 우왕좌왕하는 귀족들이 다시금 아루스 황자를 황제로 즉위시키기 위해 뜻을 함께

할 수도 있다."

그렇게 되면 기껏 그를 황제로 올린 가론의 정성이 전부 허투루 돌아간다. 마음에 들지 않지만 그가 계속 황위에 있게 하는 것이 가론의 목적이며 주군의 뜻이니까.

"네놈은 조금 더 전쟁 교본을 익힐 필요가 있겠군. 네놈은 참모들에게 작전권을 맡기고 구경이나 해라."

그렇게라도 하지 않으면 이길 것도 못 이길 것 같았다. 아예 가벨에게 지휘를 맡기는 것이 패전의 길이나 다름이 없어 보였다.

"날 대놓고 무시하는 건 하루 이틀이 아니라지만 날 아예 못 믿는군. 그렇다면 네놈은 좋은 생각이라도 있나?"

가론은 물론이라는 듯 고개를 주억였다.

"아루스 황자가 정말 지략이 뛰어나다면 그만한 방법을 연구하고 있을 터. 그렇다면 우리는 그것을 배제하는 것부터 시작하도록 하지."

*　　　*　　　*

엔더크 남작령에 온 지 한 달이 넘는 시간이 지났다. 오전과 저녁의 바람은 차갑지만 낮에는 비교적 포근한 봄이 찾아왔다. 슬금슬금 꽃이 자라기 시작하고, 영지민들은 다시금 씨를 뿌리며 농업을 시작했다. 발렌은 이바나와 함께 포드의 공방을 찾아왔다.

"이제야 제법 공방답게 됐네."

공방에 처음 왔던 날과 제대로 공방을 가동한 오늘 모습은 천지차이였다. 처음 왔을 때는 외관부터 폐허나 다름없었는데, 지금은 깔끔한 모습으로 변모했다. 아니, 아예 몰라보게 바뀌었다. 벽 가득 자라나던 넝쿨도 사라지고, 망가진 창문도 전부 갈아 끼웠다. 게다가 공방의 굴뚝에서 연기가 피어오르고 있었다.

"이바나 씨. 꽤나 들떠 보이네요."

"물론이지! 내가 연구하고 개발한 실험품이 제대로 쓰일 날이 왔는데!"

포드가 실린더 실험을 위해 이바나에게 지원을 요청했기 때문이다. 발렌과 그녀는 짐을 한 아름 들고 있었다. 모두 룬이 새겨진 마정석이었다.

바하족의 습격 때 실린더에 이바나의 실험품을 사용할 수 있다는 것이 증명되었다. 이바나도 자신의 실험품이 이렇게 쓰이게 될 줄은 몰랐지만 그래도 유용하게 쓸 수 있다는 것에 신이 난 듯했다.

공방의 현판에는 '포드의 공방'이라고 쓰여 있었다. 포드가 운영하는 곳이니 이름도 그렇게 지어 버린 것이다. 오래전부터 공방을 갖는 것이 꿈이었던 포드. 그 꿈을 이룬 김에 공방의 이름도 자신의 이름을 따서 지은 것이다. 자신의 공방이라고 자랑하는 것만 같았다. 자기 자랑을 좋아하는 드워프답다.

발렌과 이바나가 공방 안으로 들어갔다.

"이 나라는 벌써 여름인가? 왜 이렇게 더워?"

공방 안에 들어오자마자 포드의 불평이 들려왔다. 발렌은 그 말에 폭소를 자아냈다. 세기어 왕국의 여름은 다른 나라의 여름과 달랐다. 세기어 왕국의 여름은 다른 나라 사람이 느끼기에 봄처럼 포근한 날씨였다.

"포드 아저씨, 여름에는 진짜 고생하겠네요."

오전이고, 낮이고, 저녁이고 할 것 없이 더운 것이 바로 여름. 폭염이 기승하는 날이 많아 참을성 많은 발렌도 도서관 밖으로 외출하지 않았다. 게다가 이 영지는 여름에는 아열대성 기후로 변한다. 폭염이 일상인 곳이다. 이곳에서만 볼 수 있는 독특한 과일이 나오는 것도 다 그런 이유다.

"어이쿠, 젊은 친구와 귀족 아가씨께서 오셨군."

포드가 껄껄 웃으며 그들을 맞이해 주었다. 발렌과 이바나는 가지고 온 짐을 포드 앞에 조심스럽게 내려놓았다.

"자, 여기 부탁한 실험품 가지고 왔어요."

"오오, 정말 고맙구먼."

포드는 짐을 풀어 확인했다. 꽤 많은 수의 실험품이 있었
다.

"그나저나 귀족 아가씨. 이거 정식으로 이름을 정했나?"

"아직 안 정했는데요? 그냥 간단히 용도에 따라서 폭발
석, 전류석…… 뭐 이런 식으로 부르고 있긴 한데."

"그것참, 대충 짓는구먼. 종류별로 그렇게 말하는 건 괜
찮지만 포괄적으로 부를 명칭이 필요해 보여서 말이야. 앞
으로 실전에서도 쓰일 텐데, 언제까지 실험품이라 부르기
도 그렇잖아?"

확실히 그렇다. 지금까지는 단순히 실험품이니까 실험품
이라고 불렀지만, 앞으로는 실전에 사용될 무기이다.

"음…… 확실히……."

이바나는 매우 진지하게 고민하고 있었다. 이름은 나중
에 천천히 결정해도 되지 않을까 생각하고 있는데, 포드가
막 떠올랐다는 듯 말했다.

"귀족 아가씨의 이름을 따서 이비 스톤은 어떤가?"

"그거 괜찮네요! 앞으로 이비 스톤이라고 부르도록 하
죠!"

"……."

자기들끼리 북 치고 장구 치는 모습을 보며 발렌은 어색
하게 웃어 보였다.

"그나저나 귀족 아가씨가 만들기로 한 물건은 어떻게……
잘 진행되어 가나?"

발렌은 포드의 말에 고개를 갸웃거렸다. 포드와 이바나
가 서로 무슨 얘기를 주고받은 모양이다.

'그러고 보니 가끔 공방에 찾아올 때 포드 아저씨에게
서신을 전해달라고 하긴 했는데…….'

내용은 잘 모르지만 서로 서신을 주고받으며 마도구에
대한 얘기를 했던 모양이다. 이바나는 후후 웃으며 허리에
양손을 올리며 콧대를 세웠다.

"빠르면 이틀, 늦어도 사흘 안으로 완성될 거니까 걱정
마세요. 분명 놀라 뒤로 자빠질 걸요?"

"그렇군! 귀족 아가씨의 회심의 작품이라 이거지? 어떤
게 만들어질지 무척 기대하면서 궁금해하고 있다고! 귀족
아가씨의 작품과 내 작품이 하나로 합쳐지면 분명 대단한
게 만들어질 거야!"

"……"

발렌은 서로 자신의 작품에 애정을 갖고 있는 모습이 좋
아 보이면서도 부끄러웠다. 대장장이들의 시선이 이곳으로
집중되어 있었다. 당사자들은 하하, 호호 하며 웃고 있는
데, 왜 부끄러움은 남의 몫인지 모르겠다. 발렌은 그들 몰
래 뒤쪽으로 빠져 나 몰라라 도망쳤다.

*　　*　　*

이틀 뒤, 저녁 식사를 마친 직후 씻기 위해 욕탕에 가려고 준비 중이던 발렌. 방에서 나가기 위해 문 앞에 선 순간.

"발렌, 안에 있지?"

벌컥! 쾅!

"아악!"

갑자기 문이 벌컥 열려 미처 대응할 틈도 없었다. 코를 문에 찧어 눈가에 눈물이 핑 돌았다. 그가 코를 손으로 매만지며 문 쪽을 바라보았다. 거기에는 살짝 놀란 듯 가만히 서 있는 이바나가 있었다.

"이바나 씨. 남의 방에 방문할 때는 벌컥 문부터 열지 말고 노크 좀 하고 들어오세요."

"하하. 미안, 미안. 내가 너무 들뜬 나머지 실수했어. 딱히 피해 본 것도 없으니 괜찮잖아."

"그럼 문에 코를 찧은 저는 뭐죠?"

그 실수 때문에 자기가 피해를 봤다. 이바나는 너무 깐깐하게 굴지 말라는 듯 웃음으로 넘기려고 하고 있었다. 일단 뭔지 들어나 보자고 생각하며 물었다.

"무슨 일로 오셨어요?"

“아, 다른 게 아니고 내 회심의 작품이 완성되어서 말이야. 이걸 포드 공방장님께 전해줄래?”

포드와 협력하게 되면서, 이바나는 포드를 공방장님이라고 올려 부르고 있었다. 정작 포드는 똑같이 귀족 아가씨라고 부르는데 말이다.

그녀가 그를 올려 부르는 이유는 자신의 실험품을 좋게 생각해 주고, 실질적으로 이용할 수 있게 조언을 해 주기 때문일 것이다.

이바나는 발렌에게 뭔가를 건넸다. 그녀가 건넨 것은 마정석이었다. 발렌은 마정석을 뚫어지도록 바라보았다. 내부에 새겨진 룬이 지금까지 봤던 것들과 다른 것이었다.

“빛의 룬?”

발렌은 그저 빛을 내는 마정석을 어디에 쓰려고 그러는 건지 이해하지 못하겠다는 듯 바라보았다. 라이트 스톤의 용도도 아니고, 무기로 사용할 건데, 어디에 쓰려는 건지 도통 감을 잡기 어려웠다.

“후후, 내 회심의 역작이야. 포드 공방장님도 분명 감탄할걸?”

이바나는 가슴을 쭉 폈다. 자신감 있는 그 모습이 보기 좋지만, 남들이 보기에는 좀 건방져 보이지 않을까 하는 생각을 해 본다.

발렌은 그녀가 건네준 마정석을 바라보며 말했다.

"언제부터인가 제가 심부름하는 게 당연시됐네요."

"부탁해. 지금 밖이 어둡잖아. 연약한 숙녀가 홀로 밤길을 걷게 할 거야?"

"숙녀는 이렇게 남의 방문을 벌컥 열지 않아요, 이바나 씨."

이바나가 헤헤 웃으며 두 손을 모아 부탁한다. 발렌은 한숨을 크게 몰아쉬며 고개를 주억였다.

"알겠어요. 마침 샤워를 하기 전이었으니까요."

가볍게 산책이나 하는 기분으로 갔다 오면 될 일이다. 발렌이 부탁을 들어주자 이바나가 고맙다며 웃었다. 발렌은 옷을 입고 포드의 공방에 가기 위해 저택을 나섰다.

*　　*　　*

랜턴의 빛에 의지하며 마녀의 숲으로 걸음을 옮긴 발렌. 공방은 불이 완전히 꺼진 채였다.

"그러고 보니 문을 잠가 뒀으면 어쩌지?"

공방에 도착해서야 문을 걸어 잠갔으면 안으로 들어갈 방법이 없다는 것을 깨달은 발렌. 포드는 생각보다 일찍 잠에 들기 때문에 자신이 왔다는 걸 모를 수 있었다. 그냥 돌아가고 내일 건네줄까 생각하던 그가 조심스럽게 손을 뻗어 문을 열었다.

끼이익—

걱정과 달리 문이 너무나 쉽게 열렸다. 잠가 두지 않고 닫기만 해 놓은 것이다. 실험을 위해 마정석까지 보관하고 있는데, 도둑이 들면 위험하지 않을까 걱정이 되었다. 발렌이 랜턴으로 밝혀 가며 숙직실로 향하는데, 뭔가에 걸려 넘어지고 말았다. 손에 들고 있던 랜턴이 깨지며 불이 꺼졌다.

"아야야."

발렌이 무릎을 매만졌다.

"도대체 뭐가……."

랜턴이 꺼져 갑자기 어두워진 탓에, 뭐에 걸려 넘어진 것인지 알아보기 힘들었다. 살짝 열린 문틈 사이로 달빛이 내리쬐었다. 작고 뚱뚱한 체구. 그러나 인간보다 큰 손. 포드였다.

"아저씨, 야밤에 숙직실도 아닌 바닥에서 도대체 뭐하시는……."

발렌이 일어나기 위해 손으로 땅을 짚는 그 순간, 축축한 무언가가 만져진다. 붉은 것이 발렌의 손을 더럽혔다. 그의 눈이 휘둥그레진다. 그의 발 앞에 피를 흘린 채 죽어 있는 포드가 있었다. 그가 포드를 흔들었다.

"아저씨? 아저씨! 무슨 일이에요!"

발렌이 소리치며 포드를 흔들었다. 그러나 아무리 흔들어도 그는 반응이 없었다. 미동조차 없는 포드의 손이 바닥에 힘없이 떨어졌다.

사삭―!

주위에서 인기척이 들려왔다. 천이 부딪치는 작은 소리다. 발렌은 포드의 죽음에 슬퍼할 겨를도 없이 주위를 관찰했다. 그리고 열 명 남짓의 검은 복장의 장정들을 볼 수 있었다.

사사삭―!

녀석들이 다시금 움직인다. 발렌의 주위로 마나가 떠돌며 회전했다. 냉기가 공방을 가득 메웠다. 발렌이 손을 뻗자, 날카로운 얼음의 화살이 녀석들에게 날아간다. 빠르게 검을 놀려 그의 공격을 막는 이도 있었으나, 다수의 녀석들은 날아드는 얼음의 화살을 피하거나 쳐 내지 못하고 쓰러졌다.

순식간에 세 명이 쓰러졌다. 발렌이 살의 가득한 눈으로 그들을 노려보았다.

"너희들이야? 아저씨를 이렇게 만든 게?"

그러나 녀석들은 말이 없었다. 나머지 일곱이 일제히 그에게 달려든다. 발렌은 빠르게 캐스팅을 끝냈다.

"윈드 버스터."

퍼어엉!

그가 있는 곳을 기점으로 바람이 폭발하듯 사방으로 방출됐다. 습격자들은 갑작스럽게 폭발하듯 몰아치는 바람을 이기지 못하고 사방으로 날아갔다. 그 와중에 바닥에 검을 박고 버틴 이도 있었지만 날아간 녀석들은 무사치 못했다. 낙법을 취할 새도 없이 화로에 머리를 부딪쳐 즉사한 이도 있었고, 벽에 부딪쳐 기절한 이도 있었다.

순식간에 멀쩡한 습격자의 수는 다섯이 되었다. 위저드급 마법사의 신위가 이 정도였다. 녀석들은 잔뜩 긴장했다. 그의 마법을 보고, 얕볼 상대가 아니라는 걸 깨달은 것이다.

습격자 중 유독 검술이 뛰어난 자가 있었다.

'빠르다!'

눈으로 좇을 수 없을 만큼 상대의 검이 너무도 빠르고, 강력했다.

"쉴드!"

녀석을 막기 위해 방어에 치중하기로 한 발렌이 쉴드를 펼쳤다. 녀석의 검에 갑자기 푸르스름한 기운이 몰리기 시작하고, 곧장 쉴드를 향해 내리쳤다.

쟁강!

발렌이 펼친 쉴드가 허무하게 부서진다. 발렌의 눈이 커졌다. 이렇게 쉽게 자신의 쉴드가 박살 날 거라고 생각지도 못한 것이다.

'말도 안 돼!'

쉴드가 박살 나고, 녀석의 검이 정확히 발렌의 왼쪽 가슴을 찔렀다.

"크윽!"

그리고 연달아 남아 있던 습격자들의 검이 발렌의 몸 여기저기를 꿰뚫었다. 순식간이었다. 미처 반응할 틈도 없이 여러 방향에서 습격자들이 발렌의 몸을 꿰뚫었다. 발렌의 입에서 피가 흐른다.

발렌이 손을 들었다. 그의 손에 불길이 일어난다. 주위가 순식간에 환해지고, 정면에서 그를 찌른 습격자의 눈이 커진다.

목에서부터 피가 울컥 쏟아지고 있는 와중에 발렌은 살벌하게 녀석을 노려보았다.

"가만두지 않겠…… 어. 반드…… 시 너희들을 죽이고 말…… 겠어!"

발렌이 그 불꽃을 자신의 바로 앞에 떨어뜨린다.

콰앙!

거대한 폭발이 발렌과 습격자들의 몸을 집어삼키고…….

포드를 구하고, 습격자들을 처단하라.

또다시 빌어먹을 임무가 머릿속에 울리며 그의 시야가
어둠에 물들었다.

〈다음 권에 계속〉

하란

쥬논 판타지 장편소설

핏빛 판타지의 연금술사, 쥬논.
그가 펼치는 공포와 선혈의 환상 세계!

『흡혈왕 바하문트』, 『샤피로』를 잇는 그 세 번째 이야기.
검푸른 마해(魔海)의 세계에 그대를 초대합니다.

dream
books
드림북스

ORIGINAL FANTASY STORY & ADVENTURE
태선 판타지 장편소설
신수의 주인
매력적인 세계관을 가진 작가 태선의
『여신 시리즈』 마지막을 장식할 또 하나의 유니크한 소설
과연 그녀는 '파혼검'을 만들어 내기에서 승리하고
그녀가 원하는 삶을 쟁취할 수 있을 것인가?
dream
books
드림북스

DREAMBOOKS★

DREAMBOOKS★